I0846560

VEREIDIGT

GEBUNDEN DURCH BLUT 3

AUCH VON RICHARD FIERCE

DRACHENREITER VON OSNEN

Probe durch Zauberei
Ein Bindung des Feuers
Aufruf der Krieger
Die Münze der Seelen
Flügel des Terrors
Augen aus Stein
Zahn und Klaue
Der Diener der Seelen
Rauchschleier
Der Schurkenreiter
Das Lied der Knochen
Klinge und Thron
Gezeiten der Dunkelheit
Zorn und Untergang
Grab der Eide

VEREIDIGT

GEBUNDEN DURCH BLUT 3

RICHARD FIERCE

IMPRESSUM

Titel: Vereidigt
Autor: Richard Fierce
Übersetzung: ScribeShadow
Umschlaggestaltung: Richard Fierce
Satz: Richard Fierce
Verlag: Dragonfire Press
DieOriginalausgabe erschien 2025 unter dem Sworn
©2025 Richard Fierce
AlleRechte vorbehalten.
Autor: Richard, Fierce
73 Braswell Rd, Rockmart, GA 30153 USA,
Richard.Fierce@yahoo.com
ISBN: 979-8-89631-109-6

Dieses Buch wurde mithilfe einer Software übersetzt. Wenn Sie Fehler finden, kontaktieren Sie mich bitte und informieren Sie mich darüber.

Dies ist ein fiktives Werk. Die in diesem Buch dargestellten Ereignisse sind rein fiktiv und jegliche Ähnlichkeit mit tatsächlichen Personen oder Ereignissen ist rein zufällig. Alle Rechte vorbehalten, einschließlich des Rechts, dieses Buch oder Teile davon in beliebiger Form ohne ausdrückliche Genehmigung des Herausgebers zu reproduzieren.

Dragonfire Press

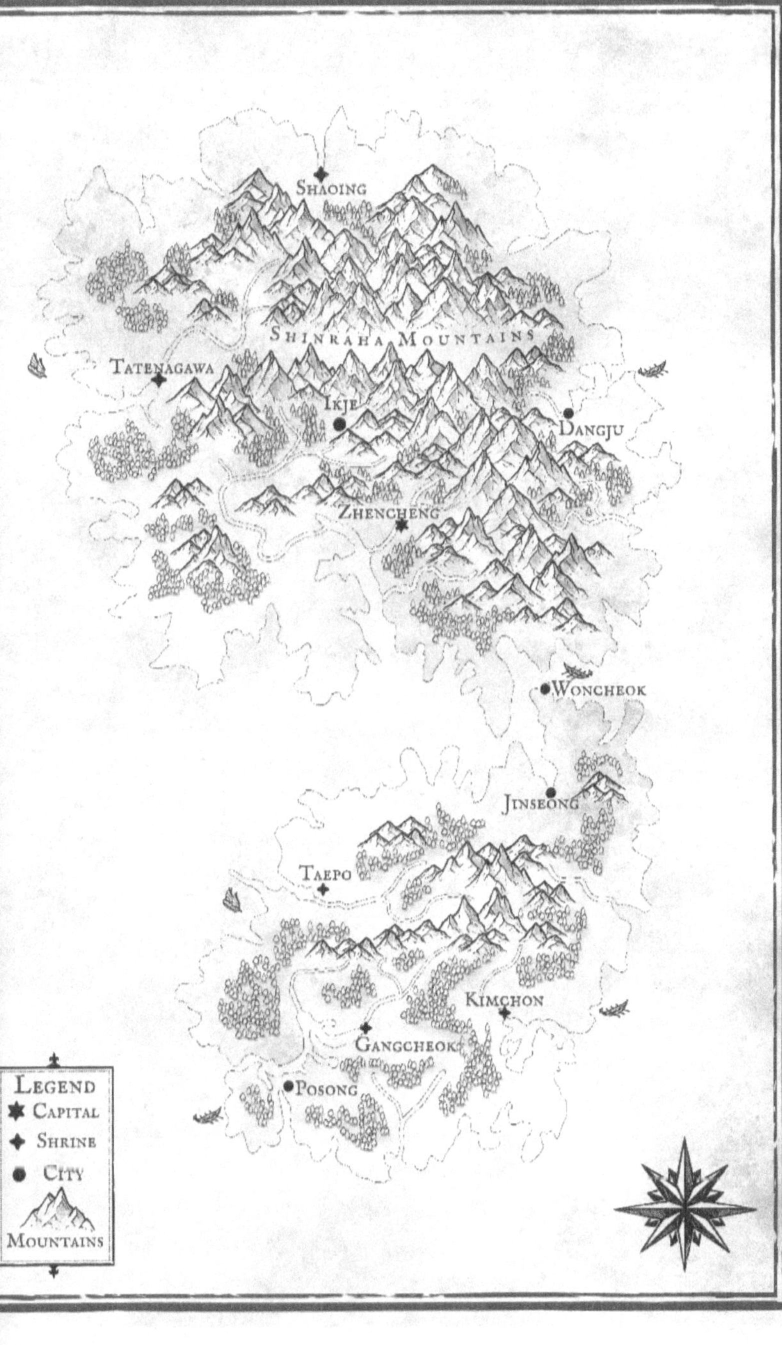

Shaoing
Shinraha Mountains
Tatenagawa
Ikje
Dangju
Zhencheng
Woncheok
Jinseong
Taepo
Kimchon
Gangcheok
Posong
Legend
Capital
Shrine
City
Mountains

1

Akuhara stand auf einer Klippe mit Blick auf das Lager der Drakka, ihre dunkle Rüstung glänzte im Licht hunderter Lagerfeuer, die über das Tal unter ihr verstreut waren. Die Luft war schwer vom Geruch des Rauches, und sie rümpfte die Nase bei dem Gestank. Ihr Drache lag neben ihr zusammengerollt, während sie mit einer Mischung aus Stolz und Unbehagen auf die Horde blickte.

Das Lager war ein chaotisches Gewirr aus Zelten, angespitzten Pfählen und umherstreifenden Drakka. Ihre gutturalen Knurren und Zischen erfüllten die Luft, eine disharmonische Symphonie, die gegen Akuharas Gedanken kratzte. Sie konnte sehen, wie sie sich in rastlosen Gruppen bewegten, Waffen schärften, rohes Fleisch verschlangen und gelegentlich einander anfauchten. Sie waren zwar mächtig, aber undiszipliniert, widerspenstig. Nur ihre Magie hielt sie in Schach.

Sie atmete tief ein, die Last dieses Krieges lastete auf ihr.

Was denkst du, halten sie von mir? fragte sie sich, während ihr Blick auf einem Paar Drakka verweilte, die sich um ein Stück Fleisch anfauchten.

Sie fürchten dich, dröhnte ihr Drache, seine Stimme ein tiefes Grollen, das in ihrem Geist wie Donner widerhallte. *Und das sollten sie auch.*

Akuharas Lippen verzogen sich zu einem bitteren Lächeln. *Furcht ist ein mächtiges Werkzeug. Sie hält sie gehorsam. Aber es reicht nicht aus.*

Der Drache neigte seinen Kopf, Rauch kräuselte sich aus seinen Nüstern. Seine Augen verengten sich, als er sie musterte. *Zweifel verweilen in deinem Herzen. Warum?*

Akuharas Hand ballte sich zur Faust. Ihre Nägel gruben sich in ihre Handfläche, der Schmerz erdete sie. *Weil es nicht so sein sollte. Ich wollte wiederaufbauen, etwas Besseres erschaffen. Aber diese... Kreaturen... sie verstehen nur Zerstörung.*

Ihre Worte hingen in der Luft, und der Blick des Drachen schwankte nicht.

Zerstörung ist der Weg zur Wiedergeburt, sagte er schließlich, sein Ton von Ungeduld geprägt. *Um etwas Besseres zu erschaffen, musst du zuerst das Zerbrochene hinwegfegen.*

Akuhara wandte sich ab, ihr Kiefer angespannt. Ihr Blick glitt zum Horizont, wo die flackernden Lichter einer fernen Stadt die Landschaft wie Glühwürmchen in der Nacht sprenkelten. Der Anblick weckte etwas tief in ihr – eine Erinnerung, ungebeten und unwillkommen.

Die Luft in den Gärten hatte immer nach Jasmin und frisch umgegrabener Erde gerochen, eine berauschende Mischung, die selbst jetzt noch in Akuharas Gedanken verweilte. Sie war nicht älter als acht gewesen, hinter einem Büschel hochragender Azaleen kauernd, ihre Knie in die feuchte Erde gedrückt, während sie durch die Lücken in den Blättern spähte. Vor ihr stand ein Mädchen im Sonnenlicht, ein hölzernes Übungsschwert fest in ihren Händen.

Das Mädchen – Kai – bewegte sich mit unpolierter Entschlossenheit, schwang das Schwert in weiten Bögen. Ihre Stirn runzelte sich vor Konzentration, und Schweiß glänzte auf ihrer Stirn, während ihr Atem in schnellen, scharfen Stößen kam. Neben ihr stand ein imposanter Mann mit verschränkten Armen, sein Ausdruck streng, aber stolz, als er ihre Haltung korrigierte.

»Nochmal«, befahl er, seine tiefe Stimme trug über den Garten.

Kai nickte und passte ihren Griff an, ihr kleiner Körper zitterte vor Anstrengung. Sie war so konzentriert, so vollkommen in ihrer Aufgabe versunken, dass sie nicht bemerkte, wie Akuhara zusah. Niemand tat es.

Akuhara blieb verborgen und drückte sich tiefer in die Schatten der Azaleen. Sie sollte nicht dort sein. Sie sollte nicht existieren. Bei der Geburt zurückgelassen, für tot gehalten, war sie in die Umarmung der Drakka gefegt worden. Und doch, von Neugier oder einer unnennbaren Kraft getrieben, hatte sie ihren Weg zurück hierher gefunden, zu diesem Garten, zu diesem Mädchen, das ihr Gesicht teilte.

Als Kai einen weiteren Schwung vollendete, trat der Mann vor und legte eine Hand auf ihre Schulter. »Gut. Aber Stärke allein reicht nicht. Du musst lernen, zu antizipieren, zu sehen, was als Nächstes kommt.«

Kai schaute zu ihm auf, ihre Augen weit vor Entschlossenheit. »Ich werde. Ich werde dich stolz machen.«

Akuharas Brust zog sich zusammen. Stolz. Anerkennung. Das waren Dinge, die sie nie gekannt hatte, aufgewachsen wie sie war unter Kreaturen, die nur Zerstörung schätzten. Diesen Moment zu beobachten, fühlte sich an, als blickte sie in ein Leben, das hätte ihres sein können, ein Leben, das ihr in dem Moment geraubt wurde, als sie beiseite geworfen wurde.

Ihre Nägel gruben sich in die feuchte Erde. Sie wollte aus ihrem Versteck treten, den Mann, das Mädchen konfrontieren. Antworten fordern. Aber was würde sie sagen? Dass sie die Tochter war, die sie verlassen hatten? Das Kind, das sie nie kannten?

Sie wandte sich ab, ihre kleinen Hände ballten sich zu Fäusten. Selbst in diesem Alter hatte die Bitterkeit bereits begonnen, Wurzeln zu schlagen, sich durch sie zu winden wie die Ranken dunkler Magie, die sie eines Tages beherrschen würde. Aber daneben war etwas anderes, etwas Weicheres. Eine Sehnsucht danach, gesehen zu werden, anerkannt zu werden, selbst wenn nur aus den Schatten.

»Eines Tages«, flüsterte sie zu sich selbst, die Worte kaum hörbar. »Eines Tages werden sie es wissen.«

Die Erinnerung verblasste so schnell, wie sie gekommen war, und ließ Akuhara wieder auf der Klippe stehen, der Duft von Jasmin ersetzt durch Rauch und Asche. Sie schloss die Augen und atmete langsam, gemessen aus.

Vielleicht, sagte sie, ihr Ton jetzt sanfter, gefärbt von einer Müdigkeit, die sie nicht ganz unterdrücken konnte. *Aber manchmal kann ich nicht anders, als mich zu fragen...*

Ihr Drache bewegte sich neben ihr, seine massive Form verdeckte die Lagerfeuer unter ihnen. *Deine Schwester ist eine Schwäche,* zischte er, das Gift in seinem Ton unverkennbar. *Sie klammert sich an eine zerbrochene Welt. Du bist stärker ohne sie.*

Akuhara antwortete nicht sofort. Stattdessen kniete sie nieder und legte ihre Hand auf die Erde. Der Boden unter ihrer Handfläche war kalt, unnachgiebig. Ranken dunkler Energie sickerten aus ihren Fingerspitzen, schlängelten sich in den Boden wie Wurzeln eines bösartigen Baumes. Die Drakka, die ihr am nächsten waren, versteiften sich, ihre Augen schärften sich, als ihre Magie ihre Bindung stärkte. Sie spürte ihre Angst, ihren Hunger, ihre Wut – all das nährte ihre Kraft, stärkte ihre Kontrolle.

Sie folgen, weil sie fürchten, sagte Akuhara, ihre Augen auf die sich windende Energie unter ihrer Hand gerichtet. *Aber Furcht kann zu Trotz werden. Wir müssen bald handeln, bevor die Gezeiten sich wenden.*

Der Drache rückte näher, sein massiver Kopf senkte sich auf ihre Höhe. Rauchfetzen trieben aus seinen Nüstern, und seine Augen brannten wie Glut. *Dann gib den Befehl,* grollte er. *Lass die Städte brennen. Lass ihre Hoffnung zu Asche werden.*

Akuhara stand auf, ihr Ausdruck verhärtete sich. Sie hob ihre Hand, die dunkle Energie knisterte um sie herum. *Kein weiteres Warten,* sagte sie. *Wir marschieren bei Morgengrauen.*

2

Der Himmel brannte in Karmesinrot, durchzogen von schwarzem Rauch, der die Sterne verdeckte. Kai stand inmitten des Schlachtfelds, ihre Hände zitterten, während sie ihr Schwert umklammerte. Um sie herum war der Boden übersät mit Gefallenen, ihre Gesichter von Asche verborgen. Der Gestank von Blut und verkohltem Fleisch erstickte die Luft, aber es war die Stille, die sich wie ein Schraubstock auf sie legte. Kein einziger Schrei oder Schmerzensseufzer, nur das Knistern entfernter Flammen und das tiefe Grollen von etwas Gewaltigem, das sich in den Schatten bewegte.

»Hikari?«, rief Kai, ihre Stimme rau und klein gegen die erdrückende Stille. Sie drehte sich um, suchte nach dem Schimmern der goldenen Schuppen ihres Drachen.

Ein Schatten bewegte sich, und sie erstarrte. Aus dem Rauch trat Akuhara hervor, ihre Zwillingsschwester, in dunkler Rüstung, die mit Magie schimmerte wie Öl auf Wasser. Ihr Drache ragte hinter ihr auf, seine Augen leuchteten in einem krankhaften Grün, seine Schuppen waren geschwärzt und verdreht, als wären sie von innen verbrannt.

Akuhara lächelte, eine grausame Verzerrung ihrer Lippen. »Hast du wirklich geglaubt, du könntest mich aufhalten, Schwester?«

Kai hob ihr Schwert, aber ihre Hände zitterten. »Ich werde nicht zulassen, dass du alles zerstörst.«

»Oh, Kai«, sagte Akuhara, ihre Stimme triefte vor Spott. »Das hast du bereits.« Sie deutete um sie herum, und Kais Herz sank, als sie die Gesichter der Toten sah. Ryn, Meister Satoshi, die Zerrissenen – alle starrten sie mit leblosen Augen an, in ihren Zügen war Vorwurf eingemeißelt.

»Nein«, flüsterte Kai und trat einen Schritt zurück. »Das ist nicht real.«

Akuhara lachte, ein eisiger Klang, der über das Schlachtfeld hallte.

Der Boden bebte, als Hikari aus dem Rauch auftauchte, aber etwas stimmte nicht. Ihre Schuppen waren von schwarzen Adern durchzogen, ihre Augen von demselben krankhaften grünen Licht getrübt wie die von Akuharas Drachen.

»Hikari?« Kais Stimme brach. Sie streckte eine Hand aus, aber der Drache knurrte und entblößte Reißzähne, von denen Gift tropfte.

»Sie gehört jetzt mir«, sagte Akuhara und trat näher. »Du warst nie stark genug, um ihr Reiter zu sein.«

Hikari bäumte sich auf, ihre gewaltigen Flügel warfen einen Schatten auf Kai. Dann, mit einem ohrenbetäubenden Brüllen, stürzte sich der Drache auf sie.

Kai schrie, als die Dunkelheit sie verschlang.

Sie schreckte hoch, ihr Atem kam in stoßartigen Zügen. Ihre Hände krallten sich in den Drachenhautumhang, den sie um sich gewickelt hatte, das Herz der Flamme pulsierte schwach an ihrer Seite. Für einen Moment erkannte sie ihre Umgebung nicht – das schwache Glühen eines Lagerfeuers, das leise Rascheln der Bäume. Hikari lag ein Stück entfernt, ihre Schuppen schimmerten sanft im Mondlicht, während sie schlief.

Kai drückte eine zitternde Hand auf ihre Brust und zwang ihr rasendes Herz zur Ruhe. Es war nur ein Traum. Ein Albtraum. Aber die Angst blieb, krümmte sich in ihrem Bauch wie ein lebendiges Wesen.

Hikari regte sich, ihre Augen öffneten sich und trafen auf Kais. *Was ist los?* fragte der Drache, ihre Stimme ein tiefes Grollen in Kais Kopf.

Kai schüttelte den Kopf, unfähig, ihre Stimme zu finden. Sie blickte auf das Schwert neben ihr, Echos des Albtraums blitzten in ihrem Kopf auf.

Es ist nichts, sagte sie schließlich, obwohl die Worte hohl klangen. *Nur... ein Traum.*

Hikari neigte den Kopf, ihr Blick durchdringend. *Träume offenbaren oft Wahrheiten, die wir zu ignorieren versuchen.*

Kai schluckte schwer, das Bild von Hikaris verzerrter Gestalt war noch lebhaft in ihrem Gedächtnis. Sie wandte den Blick ab und starrte in die sterbenden Glut des Feuers.

Wir sollten uns auf den Weg machen, sagte sie, ihre Gedanken nun gleichmäßiger. *Akuhara ist da draußen, und ich... ich werde nicht zulassen, dass dieser Traum Wirklichkeit wird.*

Hikari schnaubte leise, eine Rauchfahne kräuselte sich aus ihren Nüstern. *Dann sorgen wir dafür, dass es nicht so kommt.*

Kai nickte. Der Albtraum hatte sie erschüttert, aber er hatte auch etwas Tieferes entfacht – eine Entschlossenheit, sich ihrer Schwester zu stellen, koste es, was es wolle.

Sie kroch zum Feuer und wischte mit den Fingern durch den Schmutz, um die letzten Gluten zu löschen. Das schwache Knistern erstarb und hinterließ nur das Zirpen der Grillen und das gelegentliche Rascheln von Blättern in der Nacht. Sie stand auf und warf sich den Drachenhautumhang über die Schultern, sein Gewicht und seine Wärme eine beruhigende Präsenz gegen die Kälte der Nachtluft.

Hikari erhob sich auf die Füße und streckte ihre Flügel weit aus. Das Mondlicht fing sich in ihren Schuppen, und für einen Moment fand Kai Trost in diesem Anblick.

Wir gehen weiter nach Osten, sagte Kai. *Nach Ikje.*

Hikari senkte sich, damit Kai auf ihren Rücken klettern konnte. Das vertraute Gefühl der Drachenschuppen unter ihren Händen tröstete sie und verdrängte die Ranken des Albtraums, die versuchten, an ihrem Verstand zu zerren. Mit einem mächtigen Schlag ihrer Flügel startete Hikari in die Luft, der Boden fiel unter ihnen weg. Der Wind rauschte an Kais Gesicht vorbei, kalt und mit dem Duft von Kiefern.

Als sie höher stiegen, kamen die Sterne in Sicht. Ihr fernes Leuchten würde bald verschwinden, da die Morgendämmerung nahte.

Kai verstärkte ihren Griff um Hikaris Hals, ihr Blick auf den Horizont gerichtet. Sie flogen eine Weile schweigend, bis Kai ein kleines Dorf entdeckte, dessen Holzhäuser dicht beieinander standen. Kein Rauch stieg aus den Schornsteinen auf, und die Stille war unnatürlich, dick und erstickend.

Irgendetwas fühlt sich falsch an, sagte Kai, ihre rechte Hand ging instinktiv zum Griff ihres Schwertes. Sie klopfte Hikari auf den Hals. *Bring uns runter.*

Der Drache brummte zustimmend und sank herab. Seine Krallen wirbelten Staub auf, als er am Rand des Dorfes landete. Kai rutschte von Hikaris Rücken, ihre Stiefel knirschten auf dem Boden. Die Luft war still – zu still. Selbst das übliche Zirpen der Grillen fehlte.

Kai scannte die leeren Straßen, dann trat sie vorsichtig zum nächstgelegenen Haus, dessen Tür angelehnt war. Drinnen erzählten umgestürzte Möbel und zerbrochene Töpferwaren eine Geschichte plötzlicher Gewalt.

Der schwache Geruch von Blut erreichte ihre Nase, metallisch und scharf. Ihr Magen drehte sich, aber sie ging weiter, ihre Klinge gezogen. Draußen lenkte Hikaris tiefes Knurren Kais Aufmerksamkeit auf die Schatten jenseits des Dorfplatzes. Bewegung. Ein Lichtreflex auf dunklen, geschuppten Körpern.

»Drakka!«, rief sie, als die Kreaturen aus ihren Verstecken hervorbrachen.

Der erste Drakka stürzte vor, seine Klauen durchschnitten die Luft. Kai machte einen Seitenschritt und schwang ihre Klinge in einem sauberen Bogen, durchschnitt seinen Hals. Der leblose Körper des Wesens fiel zu Boden, aber weitere nahmen seinen Platz ein, ihr gutturales Knurren füllte die Stille.

Die Drakka bewegten sich mit unheimlicher Koordination, flankierten Kai und drängten sie zum Platz. Sie parierte einen Schlag, ihr Schwert klirrte gegen die Krallen der Kreatur, dann duckte sie sich unter einem weiteren Hieb weg, der auf ihren Kopf zielte. Ein dritter Drakka stürzte von links vor, und sie drehte sich kaum aus seiner Reichweite.

Hikari brüllte und entfesselte einen Strom aus Flammen, der den Platz erhellte. Das

Feuer zerstreute die Drakka, einige von ihnen kreischten, als ihre Schuppen schwarz wurden und rissen. Sie gruppierten sich schnell neu, strömten aus Gassen und von Dächern. Kais Gedanken rasten. Es waren zu viele.

Hikari, der Grat! rief sie und zeigte auf einen schmalen Vorsprung über dem Dorf. Wenn sie ihn zum Einsturz bringen könnte, würde er die Drakka darunter zermalmen.

Hikari stieg in die Luft, ihre Flügel schlugen kraftvoll. Kai huschte zwischen Angreifern hindurch, schlug und parierte, während sie sich zu höherem Gelände vorarbeitete. Die Drakka verfolgten sie, ihre Krallen gruben sich in die Erde, als sie ihr nachkletterten. Sie erreichte eine bröckelnde Treppe, die in die Felswand gehauen war, ihre Beine brannten, als sie nach oben sprintete. Unten drängten die Drakka vorwärts, ihre Augen auf sie fixiert.

Von oben ließ Hikari einen Felsbrocken auf den Grat fallen. Der Fels ächzte und splitterte, Risse zogen sich wie ein Spinnennetz über seine Oberfläche. Kai presste sich gegen die Felswand, als ein donnerndes Krachen durch das Tal hallte. Tonnen von Gestein stürzten herab und zerquetschten die Drakka in einer Wolke aus Staub und Trümmern.

Schwer atmend blickte Kai auf die Verwüstung hinab. Der Boden war übersät mit gebrochenen Körpern und zertrümmerten Steinen. Hikari landete neben ihr.

Wir müssen weiter, sagte Kai und wischte Blut von ihrem Schwert. *Es könnten mehr kommen.*

Als sie sich in die Lüfte erhoben, warf Kai einen letzten Blick auf das zerstörte Dorf. Sie entdeckte eine Bewegung unter den Trümmern – ein Drakka, kaum am Leben, der sich unter den Felsen hervorzog. Seine Augen trafen für einen kurzen Moment die ihren, bevor Hikaris Schatten ihn einhüllte und Kai sich abwandte.

Sie flogen schweigend, der Hinterhalt lastete auf ihr. *Sie werden immer gezielter*, sagte Kai schließlich. *Das fühlte sich nicht zufällig an.*

Nein, stimmte Hikari zu. *Jemand beobachtet uns.*

Kais Gedanken verdunkelten sich. Akuhara. Der Schatten ihrer Schwester lag über jeder Bewegung der Drakka, über jedem Leben, das sie zerstörten. Sie presste die Kiefer zusammen.

Sie wird für all ihre Verbrechen bezahlen.

3

Ikje war gefallen.

Kais Magen verkrampfte sich, als Hikari über die versengte Ruine kreiste. Die einst uneinnehmbare Stadt war zu Schutt reduziert worden, ihre Steinmauern umgestürzt und ihre Straßen verlassen. Verkohlte Überreste von Häusern standen wie skelettartige Wächter, ihre Holzbalken gebrochen und geschwärzt. Der Ort glich eher einem Friedhof als einer Stadt.

Wir sind zu spät, sagte Kai und spürte, wie sich ihre Kehle zuschnürte.

Ein Teil von ihr hatte gehofft, vielleicht naiv, dass Ikje den Ansturm irgendwie überstehen würde. Als sie die eingestürzten Türme und die weite Leere, wo einst Märkte gewesen waren, betrachtete, wurde ihr klar, dass Hoffnung eine zerbrechliche Sache war.

Bring uns tiefer hinunter, bat sie Hikari.

Der Drache neigte sich scharf, seine Flügel schnitten durch die Luft, als sie zur Stadt hinabstiegen. Je näher sie kamen, desto stärker wurde der Gestank von Asche und Tod. Kai schluckte schwer. Sie hatte noch nie eine solche Zerstörung gesehen, aber es war mehr als das. Dies... dies war persönlich. Ihre Eltern waren hier gewesen. Hatten sie es geschafft zu fliehen, oder hatte sie sie verloren, so wie sie Liu und Kokoro verloren hatte?

Hikari landete sanft inmitten der Trümmer dessen, was einmal der Hauptplatz gewesen war, wo die Zeremonie der Eide stattgefunden hatte. Kai rutschte vom Rücken des Drachens und landete mit einem dumpfen Geräusch auf dem Kopfsteinpflaster, ihre Stiefel wirbelten Rußwolken auf. Ihre Augen huschten über die Trümmer. Um sie herum war die Stille erdrückend. Es gab keine Anzeichen von Überlebenden, aber Kai beschloss dennoch zu suchen.

»Hallo? Ist jemand hier?«

Sie wanderte zwischen den Ruinen umher und hielt in der Nähe eines halb zerstörten Brunnens an. Das Wasser war längst verschwunden, ersetzt durch Staub und Asche. In seiner Mitte stand immer noch die

Steinfigur eines Drachens, obwohl sein Gesicht rissig und gebrochen war.

Kai bahnte sich weiter ihren Weg durch die Ruinen. Sie konnte diese Tragödie vielleicht nicht verhindern, aber sie würde alles in ihrer Macht Stehende tun, um sicherzustellen, dass es nie wieder passierte. Ihr Umhang flatterte im Wind, während sie ging, dunkler als die geschwärzten Steine unter ihren Füßen.

Eine plötzliche Bewegung fiel ihr auf. Ihr Kopf schnellte hoch, und sie erhaschte einen Blick auf eine Gestalt, die zwischen den Trümmern umherwanderte. Ohne zu zögern sprintete sie vorwärts, Hikari dicht hinter ihr.

»Warten Sie!«, rief Kai.

Die Gestalt drehte sich um, und Kai stockte der Atem. Es war eine ältere Frau, ihr Gesicht mit Ruß verschmiert. Sie drückte einen Lappen an ihr Gesicht, und ihre Augen weiteten sich vor Entsetzen beim Anblick von Hikari.

Kai hob ihre Hände in einer Geste des Friedens. »Wir sind nicht hier, um Ihnen zu schaden.«

Die Frau zögerte, ihr Blick huschte zwischen Kai und Hikari hin und her. »Die Drakka«, keuchte sie. »Sie haben das getan.«

»Ich weiß. Ist sonst noch jemand hier?«

Die Frau schüttelte den Kopf. »Die, die überlebt haben, sind nach Dangju gegangen.«

Kai erinnerte sich, wie Meister Satoshi den Geschworenen während des Angriffs befohlen hatte, dorthin zu fliehen, aber es ergab keinen Sinn, dass alle dorthin gehen würden. Zhencheng war näher.

»Wir können Sie nach Dangju bringen. Haben Sie dort Familie?«

»Meine Familie ist fort«, antwortete die Frau. »Sie starben hier im Kampf gegen die Drakka.«

»Das tut mir leid.« Kai fühlte sich hilflos und schaute zu Hikari. »Wir können Sie woanders hinbringen, irgendwo, wo es sicher ist.«

»Dieser Ort ist sicher. Die Drakka haben ihn bereits zerstört. Ich bezweifle, dass sie zurückkommen werden. Lass mich in Ruhe, Kind, und tu, was du tun musst.«

»Können Sie mir sagen, wo Dangju liegt?«

»Geh nach Osten. Es liegt an der Küste.«

Die Frau ging weg, und Kai seufzte. Sie könnte die Frau zwingen, mit ihnen zu kommen, aber sie hatte nicht das Gefühl, dass das das Richtige wäre. Sie beobachtete die Frau, bis sie hinter den Überresten eines

Gebäudes verschwand, dann wandte sie sich Hikari zu.

Wir müssen Akuhara aufhalten, bevor sie eine weitere Stadt zerstört, aber wir können es nicht allein schaffen. Wir brauchen die anderen Geschworenen.

Der Drache brummte zustimmend. *Wir können jetzt aufbrechen, aber was ist mit den Abtrünnigen? Sie werden bald hier sein.*

Wir werden zurückgehen und ihnen mitteilen, dass sie nach Dangju weiterziehen sollen. Es wird länger dauern als für uns, dorthin zu gelangen, aber sie können aufholen.

Hikari senkte sich zu Boden, und Kai kletterte auf ihre Schulter. Mit einem kräftigen Schlag ihrer Flügel schoss der Drache in die Luft. Die Ruinen von Ikje breiteten sich unter ihnen wie ein grimmiger Wandteppich der Zerstörung aus. Kai lehnte sich nach vorne, ihre Finger umklammerten Hikaris Schuppen, als sie nach Westen sausten. Sie mussten nicht weit fliegen, bevor die Abtrünnigen in Sicht kamen.

Da, sagte Kai und zeigte mit dem Finger. *Sie kommen gut voran.*

Hikari sank hinab und landete weit vor ihnen, damit sie ihre Pferde nicht erschreckte. Kai blieb auf dem Rücken des

Drachens sitzen und wartete, bis die Abtrünnigen näher kamen. Ryn führte die Gruppe an, und er stieg ab und übergab die Zügel an einen der anderen.

»Was ist los?«, fragte er, als er sich näherte.

»Ikje ist verloren«, antwortete Kai. »Wir gehen stattdessen nach Dangju.«

»Verloren? Wie? Seine Mauern wurden noch nie zuvor durchbrochen.«

»Ich weiß. Mit Akuhara an ihrer Spitze sind die Drakka zu einer organisierten Streitmacht geworden. Es scheint, als könnte sie nichts aufhalten.« Kai zögerte, unsicher, wie Ryn auf ihre nächsten Worte reagieren würde. »Meister Satoshi und einige der anderen Geschworenen sind in Dangju. Ich weiß, dass du das Imperium nicht magst, aber wir sind zusammen stärker.«

Ryn starrte sie schweigend an. Schließlich nickte er. »Ich kann nicht garantieren, dass die anderen kommen werden, aber ich habe dir einen Treueeid geschworen. Ich werde dorthin gehen, wo du hingehst.«

»Du hast diesen Eid freiwillig gegeben. Ich habe nicht darum gebeten, noch werde ich verlangen, dass du ihn erfüllst. Aber ich wäre dankbar, wenn du mit mir an der Seite der Geschworenen kämpfst. Das Gleiche gilt für die anderen.« Sie nickte in Richtung der Abtrünnigen, die hinter ihm warteten.

»Wir kämpfen gemeinsam um unserer gefallenen Drachen willen«, sagte Ryn. »Wir werden dich in Dangju treffen.«

»Danke. Dann sehen wir uns in ein paar Tagen. Mögen deine Reisen sicher sein.«

Ryn neigte seinen Kopf und kehrte zu seinem Pferd zurück. Hikari schwang sich wieder in die Luft, diesmal in Richtung Osten. Der Wind peitschte durch Kais Haar, und für einen Moment vergaß sie die Welt unter ihr und schwelgte in dem Gefühl des Fliegens.

Stunden vergingen, nur markiert durch die allmähliche Bewegung der Sonne am Himmel. Kais Muskeln schmerzten vom langen Flug, aber sie weigerte sich zu klagen. Stattdessen konzentrierte sie sich auf die sich verändernde Landschaft unter ihr und nutzte sie, um sich von der Erschöpfung abzulenken.

Ich habe diesen Teil des Imperiums noch nie gesehen, erzählte sie Hikari.

Siehst du diese Felsformation?

Kai spähte nach unten und entdeckte eine ungewöhnliche kreisförmige Anordnung von Felsblöcken. *Was ist das?*

Ein alter Nistplatz. Längst verlassen, aber einst Heimat meiner Art.

Drachen im Allgemeinen oder Älteste?

Älteste.

Kai betrachtete den Ort mit Ehrfurcht, aber ein Anflug von Traurigkeit überkam sie wegen des Verlusts der Ältesten. Hikari war die letzte. Was bedeutete das? Würde der Welt bei Hikaris Tod etwas zustoßen? Sie hoffte, dass dieser Tag noch viele Jahre auf sich warten ließe, aber diese Gedanken plagten sie trotzdem.

Im Laufe der nächsten zwei Tage veränderte sich die Landschaft allmählich. Hohe Berge und üppige Wälder wichen felsigen Klippen, und am Horizont erschien das ferne Schimmern der Küste. Eine Windböe prallte gegen sie, fast hätte sie Kai aus dem Sattel geworfen. Sie presste sich eng an Hikaris Hals und hielt sich fester.

Die Küstenwinde sind stark, aber wir haben einen Sturm überlebt. Das ist nichts!

Hikari brüllte und schlug ihre Flügel härter, kämpfte gegen die turbulente Luft. Die Böen kamen sporadisch, was einen gleichmäßigen Flug unmöglich machte. Sie drängten vorwärts, ließen die Klippen hinter sich und fanden weitläufige Hügel, die sich schließlich zu grasigen Ebenen abflachten. In der Ferne konnte Kai Rauch sehen, aber er war zu schwach, um von einem Angriff zu stammen.

Ich denke, das ist Dangju, sagte Kai.

Die Stadt kam in Sicht, und das Erste, was Kai bemerkte, war, dass die Verteidigungsanlagen der Stadt robuster waren als die von Ikje. Die Mauern standen hoch, gesäumt von Ballisten, und von ihrem Aussichtspunkt aus konnte sie Reihen von Soldaten erkennen, die sich in Formationen bewegten.

Jenseits der Stadt schlug das blaue Wasser der Bucht der Fünf Winde gegen das Ufer. Schiffe waren am nahen Hafen angedockt, und der Rauch, den sie zuvor gesehen hatte, stieg aus Kaminen auf, die in der ganzen Stadt verstreut waren. Die Luft war dick mit dem Geruch von Salz und Fisch, und sie spürte Hikaris Magen vor Hunger rumoren.

Ein Horn ertönte, und Kai scannte die Stadtmauern, um zu sehen, wie sich mehrere Ballisten drehten und auf sie zielten. Kai richtete sich auf und winkte mit einem Arm in der Luft.

Halt dich fest, sagte Hikari.

Kais Augen weiteten sich, als die Soldaten mehrere Bolzen abfeuerten. Sie sausten an ihnen vorbei und verfehlten ihr Ziel nur knapp.

Lande, schnell! drängte sie.

Hikari senkte ihre Flügel und stürzte auf den Boden zu. Kai hoffte, dass ihre Ankunft nicht auf weitere Feindseligkeit stoßen würde, wenn sie außerhalb der Stadt landen würden. Sie setzten in der Nähe der Tore auf, und eine Gruppe von Geschworenen flog über die Mauern und umringte sie.

»Haltet eure Waffen zurück«, rief eine vertraute Stimme. »Es ist Kai Lin.«

4

Das höhlenartige Nest tief unter der Erde pulsierte vor Leben. Die Wände der Kammer schimmerten schwach, durchzogen von glühenden Adern geschmolzener Energie, und die Luft war dick von der Hitze und Feuchtigkeit des Untergrunds. An den Rändern des Raumes lagen Gruppen von Drakka-Eiern in flachen Gruben, ihre durchscheinenden Schalen leuchteten schwach mit dem Versprechen von Leben. Das Geräusch ihrer leisen, rhythmischen Pulsationen vermischte sich mit dem gutturalen Knurren der Generäle, die Akuhara umgaben.

Sie stand im Zentrum der Kammer, ein grober Steintisch vor ihr. Ihr Drache stand hinter ihr, seine glühenden Augen leuchteten in der Dunkelheit. Akuhara hob ihre Hände und beschwor einen Wirbel dunkler Energie, der sich zu einer flackernden Karte des Imperiums verdichtete. Bergketten und Flüsse schimmerten schwach, markiert durch die strategischen Orte, die sie ausgewählt hatte. Die Drakka-Generäle lehnten sich vor, ihre Augen auf die Projektion fixiert.

»Xeroth, Kalrek«, knurrte Akuhara in ihrer gutturalen Sprache, ihre Stimme voller Autorität. Die beiden größten Drakka traten vor, ihre massigen Gestalten überragten sie. »Eure Streitkräfte werden sich teilen.«

Sie zeigte auf die leuchtende Karte und zeichnete einen Weg nach Dangju. »Xeroth, du wirst die Hälfte der Armee nach Südosten führen. Brenne Dangju bis auf den Grund nieder. Lass keine Überlebenden.« Die Drakka grummelten zustimmend. »Sobald die Stadt zerstört ist, wirst du uns hier treffen.«

Ihre Hand verschob sich nach Zhencheng, der Hauptstadt des Imperiums, wo die Lichter des Imperiums noch trotzig brannten. »Kalrek, die andere Hälfte marschiert mit dir und mir nach Zhencheng. Wir werden ihr Herz zermalmen und ihre Hoffnung auslöschen.«

Die Generäle knurrten vor Aufregung, ihre gutturalen Schreie hallten durch die Höhle. Akuharas Drache spiegelte ihre Zufriedenheit wider. Sie strahlte

Selbstvertrauen aus, aber unter ihrem selbstsicheren Äußeren nagte Unruhe an Akuharas Entschlossenheit.

Der Widerstand, auf den sie gestoßen waren, war stärker gewesen als erwartet. Sie konnte das Gefühl nicht abschütteln, dass diese Angriffe nur dazu dienen würden, das Imperium zu vereinen, nicht zu spalten. Ihre Streitkräfte aufzuteilen war riskant, aber sie würde die Drakka, die mit ihr zur kaiserlichen Stadt reisten, mit ihrer Magie abschirmen und sie vor neugierigen Blicken verbergen, bis es für den Kaiser zu spät wäre, sie aufzuhalten.

Als die Generäle gingen, um ihre Truppen vorzubereiten, verweilte Akuhara in der Höhle. Sie starrte auf die flackernde Karte, ihre Finger streiften den glühenden Umriss von Zhencheng. Sie wusste, dass sie einen gefährlichen Weg ging, aber mit jedem Tag, der verging, festigte sich ihr Griff auf die Macht, und das flüsternde Entsetzen, das ihrem Namen folgte, wurde lauter.

Aber es gab eine Person, deren Stimme noch klar in ihrem Kopf klang: ihre Schwester. Sie konnte den Blick des Triumphes in Kais Augen während ihrer letzten Schlacht nicht vergessen. Akuhara konnte nicht anders, als ein Gefühl der

Beklemmung zu spüren bei dem Gedanken, ihr erneut gegenüberzutreten.

Ihr Drache sprach und zerbrach ihre Gedanken. *Die Drakka hungern nach Blut. Du kannst sie nicht ewig kontrollieren.*

»Ich weiß«, flüsterte Akuhara laut. Sie schloss ihre Augen und atmete langsam aus. *Wenn das Imperium zu Asche geworden ist, wird ihr Zweck enden. Und sie auch.*

Die Augen des Drachens leuchteten heller, seine Stimme war von Neugier durchzogen. *Du würdest sie vernichten? Deine eigenen Verwandten?*

Akuhara drehte sich um, um der Bestie ins Gesicht zu sehen, ihr Ausdruck hart. *Sie sind nicht meine Verwandten. Sie sind ein Mittel zum Zweck.*

Der Drache zischte, sagte aber nichts mehr. Akuhara wandte sich wieder der Karte zu. Sie machte sich keine Illusionen über die Natur der Drakka. Sie waren Geschöpfe des Chaos, unfähig, die Welt aufzubauen, die sie sich vorstellte. Aber der Gedanke an das, was danach kommen musste, erfüllte sie mit Furcht.

Ihre Stimme war ein Flüstern, als sie auf die flackernde Karte starrte. »Das Imperium verdient es, zu fallen, aber ich werde eine Tyrannei nicht gegen eine andere eintauschen. Wenn die Zeit kommt, werde ich einen Weg finden, die Drakka zu beenden.«

Der Drache knurrte leise hinter ihr, seine Präsenz eine ständige Erinnerung an den Sturm, den sie entfesselt hatte. Akuharas Blick blieb auf die Karte gerichtet, ihre Entschlossenheit verhärtete sich wie Stahl. Es gab jetzt kein Zurück mehr. Um wiederaufzubauen, würde sie alles zerstören müssen - einschließlich der Monster, die sie aufgenommen hatten.

5

Erleichterung durchflutete Kai, als sie Siran anstarrte. Es waren nur wenige Wochen vergangen, seit sie sich getrennt hatten, aber die Frau sah so verändert aus, wie Kai sich innerlich fühlte. Sie blickte zu den anderen Geschworenen hinüber und sah Jiro, Ichiro, Kazu und die anderen aus Ikje. Sie nickte jedem von ihnen zu und wandte sich wieder Siran zu.

»Die Wachen scheinen angespannt zu sein«, sagte sie.

»Das sind sie. Eine Drakka-Armee ist auf dem Weg hierher, während wir sprechen. Unsere Kundschafter verfolgen ihre Bewegungen.«

»Ich habe auf dem Weg hierher nichts gesehen. Aus welcher Richtung kommen sie?«

»Aus dem Norden. Sie werden bis zum Einbruch der Nacht hier sein.« Siran blickte von Kai zu Hikari. »Das ist nicht der Drache von der Zeremonie.«

»Nein, ist sie nicht. Das ist Hikari.«

Siran verbeugte sich vor dem Drachen. »Meister Satoshi wird Sie sehen wollen. Er schickte eine Nachricht nach Tatenagawa, aber erhielt nie eine Antwort. Wir befürchteten das Schlimmste.«

»Mir geht es gut, aber...« Kai presste ihren Kiefer zusammen. »Die Dinge werden nur noch schlimmer werden, wenn wir die Drakka nicht ein für alle Mal aufhalten.«

»Komm«, sagte Siran. »Ich bringe dich zu Meister Satoshi.«

Siran und die anderen Geschworenen erhoben sich in die Luft und flogen über die Mauer. Hikari folgte ihnen, und Kai blickte auf die Stadt hinunter. Es war eine ausgedehnte Metropole mit Geschäften und Märkten, die vor Menschen wimmelten. Soldaten besetzten die Wachtürme und hielten wachsame Ausschau über die Landschaft. Wenn sie es nicht besser wüsste, hätte Kai keine Ahnung, dass sich die Stadt auf einen Angriff vorbereitete.

Sie landeten vor einem riesigen Komplex, der als Kaserne diente. Kai schwang ein Bein über Hikaris Seite und sprang zu Boden.

»Dein Drache kann hier Futter und Wasser finden«, sagte Siran. »Sie kann auch in jeder der offenen Ställe ruhen.«

Ich bin bald zurück, sagte Kai zu Hikari und strich mit einer Hand über den Hals des Drachen. Hikari schmiegte sich zur Antwort an sie, und Kai ging neben Siran her. Die Straßen waren sowohl mit Soldaten als auch mit Zivilisten überfüllt, aber Siran teilte die Menge mit Autorität.

»Bist du die Anführerin der Geschworenen?«, fragte Kai.

Siran blickte sie fragend an. Ihr Ausdruck wechselte von Verwirrung zu einem Lächeln. »Nein, bin ich nicht. Ich würde gerne eines Tages führen, vorausgesetzt, wir überleben.«

Kai erwiderte das Lächeln, aber Sirans düstere Worte gefielen ihr nicht. Sie mussten überleben. Sie waren die einzige Verteidigung des Reiches.

»Sie haben die Stadt gut befestigt«, sagte Kai. »Aber es wird mehr als Mauern brauchen, um die Drakka zurückzuhalten.«

»Wir haben uns vorbereitet und gleichzeitig trainiert. Es war nicht einfach, und die meisten der anderen sind noch nicht bereit, aber uns läuft die Zeit davon. Sie bewegen sich schneller als erwartet.«

»Das liegt daran, dass sie jetzt eine Anführerin haben.«

»Was meinst du?«

»Weißt du es nicht? Die Frau, die bei der Zeremonie meinen Drachen nahm, steckt hinter all dem.«

»Deine Zwillingsschwester?«

»Ja. Sie ist mit den Drakka verbündet und führt sie an. Deshalb sind sie jetzt besser organisiert.«

Sie näherten sich einem großen Bauwerk mit hohen Säulen und komplizierten Schnitzereien, die das kriegerische Erbe des Reiches mit künstlerischer Eleganz verbanden. Die schweren Türen schwangen auf, als sie sich näherten, und Siran ging voraus, geleitete Kai durch die Flure zu einer großen Kammer, wo eine Gruppe von Menschen um einen runden Tisch versammelt war.

Meister Satoshi blickte auf und traf Kais Blick. Sie neigte den Kopf vor ihm und sagte: »Wir müssen reden.«

Er entließ sofort seinen Rat, einschließlich Siran. Als der Raum geleert war, standen die beiden einen langen Moment schweigend da, bevor Meister Satoshi sprach.

»Du bist anders. Dein *ki* strahlt Stärke aus, und ich spüre eine mächtige Aura von Magie. Erzähl mir alles.«

Kai gehorchte und berichtete alles, was ihr passiert war, seit sie ursprünglich Ikje verlassen hatte. Meister Satoshi runzelte kurz die Stirn, als sie die Bindung mit Hikari erwähnte, ansonsten hörte er aufmerksam zu, ohne zu sprechen. Als sie das Herz der Flamme aus ihrem Seidenbeutel zog, warf sein pulsierendes Licht einen überirdischen Schein durch den Raum. Sie hielt es hoch, damit er es sehen konnte, und ihr Umhang bauschte sich von selbst auf.

»Die Legenden sind wahr«, sagte Meister Satoshi mit ernster Miene. Seine Augen, normalerweise scharf und scharfsinnig, zeigten nun eine Mischung aus Ehrfurcht und tiefsitzender Sorge.

»Ich dachte nicht, dass solche Artefakte real wären. Die Macht, die du führst, geht über alles hinaus, was ich in all meinen Jahren erlebt habe. Deine Bindung... sie ist sowohl ein Geschenk als auch ein Fluch.«

»Was meinst du?«

»Macht hat immer ihren Preis, Kai. Und die Bindung mit einem ältesten Drachen...« Er verstummte, schüttelte den Kopf. »Es ist aus gutem Grund verboten. Auch dieser

Edelstein und der Umhang bergen ihre eigenen Gefahren. Zusammen machen sie dich zu einer gewaltigen Kraft, aber auch zu einem Ziel.«

Kais Stirn runzelte sich. »Ein Ziel? Für wen?«

»Für jene, die eine Macht fürchten, die sie nicht kontrollieren können«, erwiderte Meister Satoshi grimmig. »Der Kaiser selbst würde dies als Bedrohung seiner Autorität ansehen.«

Das Gewicht seiner Worte stürzte auf sie herab. Ihre Brust verengte sich, und sie schluckte schwer, bevor sie fragte: »Was würde passieren, wenn der Kaiser es herausfände?«

Meister Satoshi senkte seine Stimme, obwohl niemand sonst in der Kammer war. »Es bedeutet den sicheren Tod, nicht nur für dich und deinen Drachen, sondern für jeden, der von deiner Bindung weiß.«

Tief in ihrem Inneren kannte Kai die Antwort, bevor er sie bestätigte. Sie ballte ihre Hände zu Fäusten, um zu verhindern, dass sie zitterten. »Aber ich kämpfe *für* das Reich. Die Ausrottung der Drakka ist meine einzige Sorge. Ich wollte nie jemanden in Gefahr bringen. Meine Bindung mit Hikari... sie fühlt sich richtig an, als ob es so sein sollte.

Wie kann etwas so Mächtiges, so Reines, falsch sein?«

»Der Kaiser wird es nicht so sehen. Er wird dich als Bedrohung betrachten und entsprechend handeln. Deshalb darf er es niemals erfahren.«

»Was?« Kais Augen weiteten sich überrascht.

»Wir müssen es geheim halten, koste es, was es wolle«, antwortete Meister Satoshi.

Kai holte tief Luft und begegnete seinem intensiven Blick. Sie konnte nicht glauben, dass er schwor, den Kaiser zu täuschen. Er kannte sie kaum, und doch war er bereit, seine Position und sogar sein Leben für sie zu riskieren.

»Danke, Meister. Wenn ich helfen kann, weiteres Blutvergießen zu verhindern, dann bin ich bereit, mich allen Konsequenzen zu stellen. Bitte riskieren Sie nicht Ihr Leben für mich. Wenn der Kaiser es herausfindet, sagen Sie ihm, dass Sie es nicht wussten.«

»Dein Mut ist lobenswert. Hast du es sonst jemandem erzählt?«

»Nein. Liu war der Einzige, und...« Kai verstummte, und Meister Satoshi nahm ihre Hand in seine.

»Liu war ein großer Krieger. Er starb, um dich zu beschützen, wie es seine Pflicht war. Sein Opfer wird nicht vergessen werden.«

Kai wusste, dass seine Worte aufrichtig waren, und sie nickte. »Siran sagte, es gäbe eine Armee von Drakka, die hierher unterwegs ist. Was kann ich tun, um zu helfen?«

»Kämpfe, wenn die Zeit gekommen ist. Wir haben alles getan, was wir zur Vorbereitung tun konnten. Jetzt warten wir.«

6

Als die Nacht hereinbrach, erleuchtete das Glühen von Fackeln die Stadt. Kai stand auf der Spitze eines der vielen Wachtürme, ihr Blick nach oben zur weiten Ausdehnung der Sterne gerichtet. Die kühle Nachtluft war eine willkommene Erholung von der Hitze, und sie stieß einen Seufzer aus.

»Glaubst du, es wird reichen?«, fragte sie und schaute zu Siran. Kai hatte sich freiwillig gemeldet, mit ihr Wache zu halten, hauptsächlich weil sie nicht schlafen konnte. Ihre Nerven waren zu angespannt, und die Erwartung dessen, was kommen würde, hielt ihren Geist in Aufruhr.

»Es muss reichen«, antwortete Siran. »Wenn wir fallen-«

»Das werden wir nicht«, unterbrach Kai. »Das können wir nicht. Ich meinte nur... ich weiß nicht. Ich hoffe, wir sind bereit.«

»Bereitschaft ist ein Luxus, der in Kriegszeiten selten gewährt wird, aber wir sind so bereit, wie wir sein können.« Sie schwiegen einen Moment, bevor Siran fortfuhr. »Vergib mir. Ich will nicht, dass meine Worte so düster klingen. Ich habe mehr Tod gesehen, als mir lieb ist, und es wird noch mehr kommen, bevor alles vorbei ist. Das lastet schwer auf mir.«

»Ich verstehe.«

Kai richtete ihren Blick wieder zum Himmel und verfolgte die vertrauten Sternbilder. Der Jäger, Der Drache, Die Kaiserkrone. Sie leuchteten klar am Himmel, beständig und unveränderlich trotz des Chaos, das weit unter ihnen brodelte.

Das Geräusch von Donner lenkte Kais Aufmerksamkeit nach Norden. Zuvor hatte es nicht nach Regen ausgesehen, aber schnell wurde ihr klar, dass sich kein Sturm näherte. Eine dunkle Masse erschien am Horizont und wurde mit jedem Moment größer.

Siran sprang auf die Füße und alarmierte die Stadt, indem sie die riesige Glocke auf dem Turm läutete. Der Lärm hallte in die Nacht hinaus, und die anderen Wachtürme stimmten bald in die Warnung ein. Kai beobachtete, wie die Masse stetig näher kam, die endlosen Reihen von Drakka ließen den Boden selbst erzittern.

Sie sind hier, sagte Kai zu Hikari. *Ich komme zu dir.*

Sie raste die Treppe des Turms hinunter, sprintete durch die leeren Straßen zur Kaserne. Hikari war bereits aus dem Stall und senkte sich zu Boden, damit Kai auf ihren Rücken klettern konnte.

»Schworene, zu euren Reittieren!«, hallte Meister Satoshis Stimme.

In einem Wirbel von Bewegungen erhoben sich Reiter in den Himmel und kreisten über der Stadt. Kai und Hikari schlossen sich ihnen an und beobachteten, wie die erste Welle der Drakka wie eine Flutwelle gegen die Mauern prallte. Die Kreaturen krallten sich an den Steinmauern hoch, wurden aber von Schwert und Speer empfangen, als die Soldaten auf den Brüstungen auf sie einhackten und zustachen.

Kai konnte die Spannung in Hikaris Körper spüren, wie eine geladene Feder, die auf den richtigen Moment wartete, um zuzuschlagen. Kai tätschelte den Hals des Drachen.

Warte auf das Signal, sagte sie.

Die Luft füllte sich mit den Geräuschen der Schlacht. Klingendes Metall, Schreie und das Brüllen der Drakka vermischten sich zu einer Kakophonie aus Lärm. Kais Herz hämmerte in ihrer Brust, während sie den Konflikt beobachtete. Die Soldaten kämpften tapfer, aber die schiere Anzahl der Drakka drohte sie zu überwältigen.

»Verteidigt die Mauern!«

Sie hörte Meister Satoshis Befehl kaum über dem Wind, und Hikari flog bereits auf die Mauer zu, bevor Kai realisierte, was geschah. Sie zog ihre Klinge und hielt sich fest, als der Drache scharf nach unten tauchte und im letzten Moment hochzog, um sich mit den Hinterkrallen an der Oberkante der Brustwehr festzuhaken.

Ein Schlag ihrer Flügel sandte eine Windböe in die nächsten Drakka, die rückwärts taumelten. Hikari öffnete ihr Maul und entfesselte einen Strom aus Flammen. Das Feuer erhellte die Nacht, und Kais Augen weiteten sich. Die Anzahl der Drakka war nicht zu zählen. Der beißende Geruch von brennendem Fleisch in ihren Nasenlöchern riss sie aus ihren Gedanken, und sie blickte entlang der Mauer.

Bogenschützen schossen Salven von Pfeilen ab, und die anderen Soldaten kämpften mit allem, was sie hatten. Sie erhaschte einen Blick auf einige Gesichter.

Ihre Augen waren weit vor Angst, aber sie kämpften weiter, im Wissen um den Preis des Versagens. Ein Drakka erklomm die Mauer, kletterte über die Spitze und griff einen jungen Soldaten an.

Ohne nachzudenken, sprang Kai von Hikaris Rücken und schlitzte der Kreatur mit ihrem Schwert den Rücken auf. Der Drakka heulte vor Schmerz und Wut auf, als er zurückwich, was dem Soldaten Zeit gab, seine Besinnung wiederzuerlangen und seinen eigenen Angriff zu starten. Gemeinsam drängten sie die Kreatur gegen die Mauer, wo Hikari sie prompt in die Luft schleuderte. Ihr Gebrüll verklang im Lärm, und der Soldat nickte Kai dankbar zu, bevor er zur Mauer zurückkehrte und auf weitere Drakka einschlug.

Da draußen ist etwas, sagte Hikari.

Was ist es?

Ich bin mir nicht sicher. Es fühlt sich an wie ein Drache, aber es ist... anders.

Kai schaute auf das Meer von Drakka, aber nichts stach hervor. Dann hörte sie es. Ein tiefes, hallendes Brüllen, das die Luft um sie herum vibrieren ließ. In der Ferne tauchte eine schattenhafte Gestalt auf. Sie ragte über die Drakka hinaus, größer und unheimlicher als alles, was sie je gesehen hatte. Seine

Augen brannten vor Bosheit, und Kai wurde von Terror überwältigt.

Sie stand wie erstarrt, unfähig ihren Blick von dem drachenähnlichen Biest abzuwenden. Seine Schuppen waren schwarz wie Mitternacht und schienen das umgebende Licht zu verschlucken. Die Soldaten um sie herum zögerten, ihre Bewegungen verlangsamten sich, als sie das kolossale Biest erblickten. Kais Angst wurde von einer grimmigen Entschlossenheit verdrängt, die durch ihre Verbindung flutete.

Wir müssen es aufhalten, sagte Hikari. *Hier gibt es niemanden, der stark genug ist außer uns.*

Kai war sich dessen nicht so sicher, aber das Vertrauen des Drachen stärkte ihren Geist. Sie nickte und kletterte zurück auf den Rücken des Drachen. Ein Horn ertönte hinter ihr, und Kai blickte über ihre Schulter, um zu sehen, wie die Schworenen sich zu einer Formation zusammenfanden.

Sie werden versuchen, es anzugreifen, sagte Kai.

Dann müssen wir zuerst zuschlagen.

Hikari sprang in die Luft und segelte über die Armee der Drakka hinweg, direkt auf das monströse Biest zu. Als sie näher kamen, zog Kai das Herz der Flamme aus ihrer Tasche und umklammerte es fest. Es pulsierte in ihrer Hand und strahlte eine Wärme aus, die sich durch ihren Arm bis in ihre Brust ausbreitete.

Die Kreatur fixierte sie mit ihren feurigroten Augen, während sie sich näherten, scheinbar die Bedrohung erkennend, die sie darstellten. Es bäumte sich auf, breitete seine enormen Flügel aus und brüllte erneut, als es sich in die Luft erhob. Der Klang überwältigte Kai, dick und schwer, wie das Gewicht des Todes selbst. Hikari zuckte zusammen, und Kai konnte eine Welle der Unsicherheit in ihrer Verbindung spüren.

Hikari schwenkte zur Seite, um einem plötzlichen Ausbruch dunkler Flüssigkeit auszuweichen, die das Geschöpf aus seinem Maul spie. Sie traf den Boden darunter, verbrannte die Drakka-Horde und den Stein gleichermaßen und hinterließ den Boden verkohlt und zischend.

Als Antwort atmete Hikari ihr Feuer, und eine Flammenzunge schoss auf das Biest zu. Die Feuersbrunst traf seine dunklen Schuppen, aber zu Kais Entsetzen hinterließen sie kaum eine Spur und erloschen, als wären sie von einem unsichtbaren Wind ausgeblasen worden. Hikari wirbelte herum, um einem

Gegenschlag seiner Klauen auszuweichen, und Kais Magen zog sich zusammen.

Dieses Geschöpf war kein gewöhnlicher Drache; es war etwas Dunkleres, etwas durch Magie Verdrehtes. Sie konnten es nicht einfach verbrennen – sie brauchten eine Strategie.

Wir müssen es von der Stadt weglocken, sagte Kai. *Das gibt uns Zeit, eine Schwachstelle zu finden.*

Hikari brummte zustimmend und flog nach Süden, um das Biest zum Folgen zu verleiten. Mit einem wütenden Brüllen verfolgte es sie wie ein Schatten des Todes. Es holte schnell auf, mit einer Geschwindigkeit, die seiner Größe spottete. Hikari richtete sich nach oben aus und stieg höher in den Himmel. Das Biest folgte ihnen weiterhin, und Kai entdeckte ein schwaches Leuchten auf seiner Brust, ein violettes, pulsierendes Licht, das sie an einen Herzschlag erinnerte.

Ich habe eine Idee, sagte Kai.

7

Sie stiegen höher und höher, die Wolken wirbelten in ihrem Kielwasser. Kai beobachtete, wie der Boden unter ihnen schrumpfte. Die Luft wurde kalt, biss in ihr Gesicht, und sie zitterte, ihr Atem kam in kleinen Wölkchen.

Bist du bereit? fragte Hikari.

Kai umklammerte den Griff ihres Schwertes und wappnete sich.

Ja.

Mit einem kraftvollen Schwung ihrer Flügel stieg der Drache in eine Wolkenmasse auf. Als sie sicher war, dass die Kreatur sie aus den Augen verloren hatte, ließ Kai Hikari los. Der Wind peitschte um sie herum, schrie in ihren Ohren, und ihr Umhang blähte sich auf, flatterte wie ein Schatten am Himmel. Sie spürte, wie der Stoff mit seiner seltsamen Magie pulsierte, und sie glitt in das

48

Schattenreich. Licht bog sich und verblasste, als sie verschwand und in eine Welt aus wechselnder Dunkelheit eintauchte.

Sie fiel immer noch, aber es war, als fiele sie durch Tinte statt durch Luft. Die Kreatur kam näher, und als sie in Reichweite war, flackerte Kai zurück in die physische Welt und tauchte direkt über dem Kopf des Drachen wieder auf, ihr Schwert hoch erhoben. Seine Augen flammten vor Schock über ihr plötzliches Erscheinen auf, aber er hatte keine Zeit zu reagieren.

Kai stieß einen wilden Schrei aus, als sie fiel und ihre Klinge tief in die Brust des Drachen trieb. Sie traf das pulsierende violette Licht, und dunkler Ichor spritzte heraus, gefolgt von einer Schockwelle aus Energie. Sie brach aus dem Biest hervor und verbrannte ihre Haut. Sie ignorierte den Schmerz und stieß das Schwert tiefer, traf den Blick der Kreatur, als diese den Kopf drehte, um zu ihr hinabzusehen. Für einen kurzen Moment starrte es zurück, etwas Gequältes und Verlorenes in seinem Blick.

Mit einem kehligen Brüllen zuckte der Drache wild, seine Flügel schlugen unregelmäßig, während er zur Erde stürzte. Kai hielt ihren Griff, mobilisierte jedes Quäntchen Kraft in ihren Armen und drehte die Klinge. Das Biest gab ein Keuchen von sich, sein Brüllen erstickte in Stille, als die Dunkelheit in ihm zur Ruhe kam. Sie riss ihre Klinge heraus und stieß sich von dem Biest ab, genau als Hikari unter ihr hinwegflog, und sie landete unsanft auf dem Rücken des Drachen.

Gut gemacht, sagte Hikari. *Aber nächstes Mal vielleicht etwas weniger dramatisch.*

Kai konnte nicht anders als über Hikaris Neckerei zu lächeln. Sie wendeten zurück in Richtung Stadt, und Kai konnte sehen, dass die Drakka kurz davor waren, die Mauern zu durchbrechen. Die Geschworenen und ihre Drachen versuchten, sie aufzuhalten, aber die Horde der Kreaturen war unendlich, und ihre Verteidigungslinie war durchlöchert mit Lücken, wo Soldaten gefallen waren.

Bring mich so nah an die Drakka heran, wie du kannst.

Noch ein Plan? fragte Hikari.

Ja, aber weniger dramatisch als der letzte.

Hikari sank, bis sie nur wenige Meter über dem Boden glitt, wo sich die Drakka außerhalb der Mauern versammelt hatten. Kai zapfte die Kraft des Herzens der Flamme an und richtete sie auf den Boden, schuf eine feurige Barriere. Die Hitze verbrannte die Drakka und zwang sie zum Rückzug. Es war nur eine vorübergehende Atempause, aber sie gab den Geschworenen Zeit, die Mauern zu sichern und sich neu zu formieren. Hikari landete hinter der Barricre, als diese zu verblassen begann.

Es sind so viele, sagte Kai und starrte auf die Legionen von Drakka.

Hikari stieß eine Feuerwelle aus ihrem Maul aus und verbrannte die nächstgelegenen Feinde.

Es reicht nicht. Wir müssen mehr tun.

Ich bin offen für Vorschläge, brummte Hikari.

Kai konnte spüren, wie die Ältesten der Vergangenheit sie leiteten. Sie schloss die Augen und holte tief Luft, kanalisierte die Energie aus dem Herzen. Gleichzeitig zog sie die Schatten aus dem Umhang und verwebte die beiden miteinander.

Lass deine Flammen noch einmal frei.

Hikari atmete ihr Feuer aus, verstärkt durch das Herz, und Kai entfesselte einen Schub Schattenenergie. Die beiden Kräfte prallten in der Luft aufeinander und verflochten sich in einem hypnotisierenden Tanz aus Licht und Dunkelheit.

Die resultierende Explosion war kataklystisch. Eine Welle aus sengender Hitze und tintenschwarzer Finsternis fegte über das Schlachtfeld und verschlang einen riesigen Teil der Drakka-Streitkräfte. Ihre gequälten Schreie wurden abrupt beendet, als der verheerende Angriff sie verschlang.

Als sich der Rauch lichtete, hörte Kai erstaunte Ausrufe und ehrfürchtiges Gemurmel von den Geschworenen auf den Mauern. Sie erhaschte einen Blick auf Jiro, dessen Augen weit vor Ungläubigkeit geöffnet waren. Kai erlaubte sich ein kleines Lächeln, obwohl ihr Herz vor Anstrengung des Angriffs hämmerte.

Die Wirkung auf die Drakka war unmittelbar und tiefgreifend. Ihre geordneten Reihen lösten sich in Chaos auf, während die Überlebenden verzweifelt versuchten, sich neu zu formieren. Kai beobachtete mit grimmiger Zufriedenheit, wie ganze Bataillone Reißaus nahmen, ihr Kampfeswille gebrochen.

»Sie ziehen sich zurück«, rief jemand.

Die Drakka-Truppen befanden sich in voller Flucht, ihre Zahl schwand mit jedem Moment. Die Geschworenen, ermutigt durch diese Wendung der Ereignisse, nutzten ihren Vorteil und trieben den Feind weiter von den Stadtmauern weg. Der Sieg war in Reichweite, aber Kai fühlte tiefe Trauer. So viel Leben war verloren gegangen, sowohl

Drakka als auch Menschen, und sie wusste, dass die Kosten dieser Schlacht noch über Generationen zu spüren sein würden.

Das Adrenalin, das sie während der Schlacht angetrieben hatte, verflüchtigte sich und hinterließ eine tiefe Erschöpfung, die sie zu überwältigen drohte. Kai sackte nach vorne gegen Hikari, ihre Muskeln schrien.

Du brauchst Ruhe, sagte Hikari.

Wir sind noch nicht fertig. Wenn wir unsere Deckung fallen lassen... Sie brach ab, zu müde, um den Gedanken zu beenden.

Du hast dich bis an deine Grenzen gebracht, erwiderte der Drache besorgt. *Ruhe dich aus, wenn auch nur für einen Moment.*

»Kai?«

Sie drehte sich um und sah Jiro und Ichiro. Sie hatten sich ihr auf dem Schlachtfeld angeschlossen, und ihre Drachen betrachteten Hikari neugierig.

»Das war unglaublich«, sagte Ichiro aufgeregt.

Jiro betrachtete seinen Bruder mit hochgezogenen Augenbrauen. »Ich würde es erschreckend nennen.«

Kai lächelte, bis ihr klar wurde, dass Jiro es ernst meinte.

»Ich dachte, wir würden die Mauer verlieren«, fuhr Ichiro fort, »aber du und dein Drache haben das Blatt gewendet!«

Kai richtete sich auf und kämpfte gegen ihre Müdigkeit an. »Jeder von uns hatte seinen Anteil an diesem Sieg«, sagte sie leise.

»Stimmt, aber ihr beide habt den Unterschied gemacht. Wie du Magie gewirkt hast, wie du und dein Drache euch wie eins bewegt... es war, als würde eine Legende zum Leben erwachen.«

Kai spürte eine Wärme in ihrer Brust, die nichts mit der Kraft des Herzens der Flamme zu tun hatte.

»Du siehst blass aus«, sagte Jiro. »Du solltest dich wahrscheinlich etwas ausruhen.«

Mit einem letzten Blick auf das Schlachtfeld nickte Kai.

8

Die Morgendämmerung fand Kai regungslos auf der Mauer stehend, während sie die verkohlte Landschaft überblickte. Der Geruch von Rauch hing noch in der Luft, und sie rümpfte die Nase. Ihre Rüstung, einst glänzend, trug nun die Narben der Schlacht. Ihre Klinge jedoch blieb scharf und so dunkel wie bei ihrem ersten Empfang.

Meister Satoshi gesellte sich zu ihr, sein Ausdruck ernst. »Du hast letzte Nacht gut gekämpft.«

Kai neigte ihren Kopf. »Danke, Meister. Ich wünschte nur, ich hätte mehr tun können.«

Ein Tumult am Rand des Schlachtfelds zog ihre Aufmerksamkeit auf sich. Ein einsamer Reiter näherte sich in halsbrecherischem Tempo, die Flanken seines Pferdes schaumbedeckt von Schweiß.

»Ein Bote«, murmelte Meister Satoshi, seine Stirn runzelnd.

Kai warf einen Blick auf die anderen Geschworenen, die sich in der Nähe versammelt hatten, und bemerkte das Anspannen der Kiefer und das subtile Verändern der Haltung. Auch sie hatten gespürt, dass ihr hart erkämpfter Triumph möglicherweise nur von kurzer Dauer sein würde. Die Tore wurden für den Reiter geöffnet, und Kai folgte Meister Satoshi hinunter in den Hof, ihr Herz hämmerte. Hatte der Kaiser von ihrer Verbindung mit Hikari erfahren?

Die Stimme des Boten zitterte, als er die Nachricht überbrachte, jedes Wort landete wie ein Hammerschlag. »Zhencheng wird belagert. Eine massive Streitmacht der Drakka ist ohne Vorwarnung eingefallen. Die Verteidigungsanlagen der Stadt sind überfordert.«

Ein kollektives Keuchen ging durch die in Hörweite Stehenden. Kais Blut gefror, ihr Verstand taumelte angesichts der Auswirkungen. Zhencheng war das Herz des Imperiums.

»Wie ist das möglich?«, fragte Meister Satoshi, mehr zu sich selbst als zum Boten. Sein Gesicht erhellte sich mit Erkenntnis.

»Der Angriff hier war nur ein Ablenkungsmanöver.«

»Ein Ablenkungsmanöver? Warum sollten die Drakka für ein Ablenkungsmanöver so viele Truppen hierher schicken?«, fragte Kai.

»Um unsere Aufmerksamkeit von ihrem wahren Ziel abzulenken.«

Akuharas Worte kamen ihr wieder in den Sinn. *Das Imperium wird zerfallen, und an seiner Stelle wird etwas Neues entstehen, etwas Besseres.*

»Sie will den Kaiser töten«, sagte Kai.

»So scheint es«, antwortete Meister Satoshi. »Und das können wir nicht zulassen.«

Er begann sofort, Befehle zu erteilen, und bald stand Kai allein da. Die Macht, die sie mit Hikari teilte, könnte Zhencheng und den Kaiser retten, aber sie einzusetzen, riskierte die Aufdeckung ihres Geheimnisses. Meister Satoshi hatte klargestellt, dass der Kaiser sie für den Gesetzesbruch töten würde. War die Rettung der Unschuldigen die Konsequenzen wert?

Kai dachte schon. Hikari auch, nach der Zustimmung zu urteilen, die sie durch ihre Verbindung spürte. Sie machte sich auf den Weg zum Stall, wo ihre Mitgeschworenen bereits dabei waren, die Abreise vorzubereiten. Die Luft war erfüllt von nervöser Energie, während Drachen schnaubten und sich bewegten, die Dringlichkeit spürend.

»Kannst du mir diese Salbe reichen?«, fragte Siran und zeigte auf eines der Gläser, die auf einer Reihe von Regalen hinter ihr standen. Kai gehorchte, und Siran trug die Salbe auf einen Schnitt an der Flanke ihres Drachen auf.

»Wie geht es ihm?«

»Er ist stark, aber diese Schlacht hat ihren Tribut gefordert. Ich fürchte, was uns in Zhencheng erwartet, besonders ohne ausreichende Ruhe.«

Um sie herum arbeiteten die Geschworenen effizient. Rüstungen wurden angelegt, Vorräte gepackt und Waffen gesammelt. Doch unter der Geschäftigkeit spürte Kai eine unterschwellige Angst - nicht nur um sich selbst, sondern um das Schicksal des Imperiums.

»Glaubst du, wir schaffen es rechtzeitig?«, fragte Ichiro, sein sonst so fröhliches Gesicht vor Sorge gezeichnet, während er den Sattel seines Drachen festzurrte.

Kai begegnete seinem Blick und zwang sich zu einem Lächeln. »Wir müssen es versuchen.« Sie wandte sich von ihnen ab und suchte einen Moment der Einsamkeit inmitten der hektischen Vorbereitungen. Sie ging zu der Box, in der Hikari ruhte, ihre goldenen Schuppen schimmerten im Tageslicht, das durch das Oberlicht über ihnen fiel. Der Drache hob den Kopf, ihre Augen trafen Kais.

Ich habe Angst, gab Kai zu und sank neben Hikari zu Boden.

Wovor hast du Angst?

Dass ich sie nicht besiegen kann.

Der Drache brummte leise als Antwort, eine Welle von Wärme und Zuversicht strömte durch die Verbindung.

Wir werden sie gemeinsam besiegen, sagte Hikari. *Wir haben viele Herausforderungen überwunden, und wir werden auch Akuhara bezwingen. Du bist stärker als du weißt, und dein Herz ist aufrichtig.*

Kai schöpfte Kraft aus ihren Worten und nickte wortlos. Sie dachte über den Weg nach, der sie zu diesem Moment geführt hatte. Alles, was sie durchgemacht hatte, hatte sie zu dem geformt, was sie war. Hikari hatte recht, sie war stärker, als ihr bewusst war. Meister Satoshis befehlende Stimme durchschnitt die Luft und zog die Aufmerksamkeit der Geschworenen auf sich.

»Versammelt euch«, sagte er.

Kai schloss sich den anderen an und bildete einen engen Kreis um ihren Anführer.

»Wir fliegen ins Herz des Chaos, gegen einen Feind, der uns zahlenmäßig überlegen ist.« Er machte eine Pause und ließ die Schwere seiner Worte einsinken. »Unsere Aufgabe ist es, der kaiserlichen Armee zu helfen, Zhencheng zu verteidigen. Wenn wir die Drakka nicht zurückdrängen können, dann müssen wir den Kaiser in Sicherheit bringen.«

Kais Gedanken beschworen Bilder der belagerten Hauptstadt herauf, Adlige und Bürger, die tot auf den Straßen lagen.

»Meister«, meldete sich Jiro zu Wort und holte sie in die Gegenwart zurück. »Wie können wir hoffen zu siegen? Selbst wenn wir den Kaiser in Sicherheit bringen, wie lange wird das anhalten, bevor die Drakka erneut nach ihm suchen? Sie werden die Verfolgung nicht aufgeben.«

Meister Satoshis Blick verhärtete sich. »Wir sind Geschworene. Unsere Stärke liegt nicht in unserer Anzahl, sondern in unserer Einheit, unserer Entschlossenheit. Wir werden als eins gegen diese Flut der Dunkelheit stehen, und ich glaube daran, dass wir sie überwinden werden.«

Ein Gemurmel der Zustimmung ging durch den Kreis.

»Wir werden jeden Geschworenen und jeden Drachen brauchen, der uns zur Verfügung steht, was mich zwingt, eine ungewöhnliche Bitte zu stellen. Einige von uns sind letzte Nacht im Kampf gefallen, und obwohl ihre Drachen trauern, brauchen wir Soldaten, die ihre Kraft effektiv einsetzen können. Ich vertraue jedem von euch und verlasse mich daher darauf, dass ihr mir Optionen nennt. Wen haltet ihr für dieser Aufgabe gewachsen?«

Kai räusperte sich. »Ich kenne ein paar Leute.«

9

Die Formation der Verschworenen durchschnitt den Himmel wie ein Pfeil, der auf Zhencheng zuraste. Die Landschaft erstreckte sich unter ihnen, ein atemberaubendes Schauspiel unzähliger Farbtöne, die wie ein gewebter Teppich ineinander übergingen. Berge ragten empor, ihre Gipfel verschwanden in den Wolken, und Täler umarmten Flüsse, die sich wie Schlangen über das Land schlängelten. Kais Herz schwoll an, als sie die Schönheit ihrer Heimat betrachtete.

Der Wind peitschte ihr Haar und zerrte an ihrer Kleidung, aber es störte sie nicht. Sie schloss die Augen und streckte die Arme aus, genoss die Freiheit, die sie fühlte. Im Himmel gab es keine Sorgen, keine Ängste oder Zweifel, die ihren Verstand plagten. Es gab nur das Rauschen des Windes und den Schlag von Hikaris Flügeln.

Sie flogen den größten Teil des Morgens, und als die Sonne ihren Zenit erreichte, wies Meister Satoshi sie an zu landen. Die Gruppe sank am Rande eines dichten Waldgebiets herab, und Kai stieg ab, streckte ihre Beine.

»Nehmt euch Zeit zum Essen und Ausruhen«, sagte Meister Satoshi. »Wir werden bald weitermachen.«

Kai fand es seltsam, dass er niemandem befahl, Wache zu halten, aber sie entschied, dass die Drakka töricht wären, sie ohne eine große Streitmacht anzugreifen. Sie hatte vom Himmel aus keine Spur von ihnen gesehen und nahm an, dass dies daran lag, dass sie sich auf den Angriff der Hauptstadt konzentrierten. Ryn kam auf sie zu und verbeugte sich respektvoll.

»Ich stehe erneut in deiner Schuld«, sagte er.

»Ich hätte nicht gedacht, dass du zustimmen würdest«, erwiderte Kai. »Ich meine, bei deinen Gefühlen für das Imperium.«

Ryn blickte an ihr vorbei zu den Bäumen und zuckte mit den Schultern. »Ich würde alles geben, um meinen Drachen zurückzubekommen. Dies ist das Nächste, was ich je dazu bekommen werde, also konnte ich kaum ablehnen.«

»Ich verstehe. Und die anderen?« Sie nickte zu den anderen Abtrünnigen hinüber, die sich von den Verschworenen fernhielten.

»Sie sind derselben Meinung. Wir waren viele Jahre auf uns allein gestellt, und es ist nicht leicht, wieder unter denen zu sein, deren Loyalität dem Imperium gilt. Aber wir folgen nicht ihnen. Wir folgen dir.«

»Ich weiß, du glaubst das, aber ich bin nicht die Blutende«, sagte Kai leise.

»Vielleicht trägst du nicht den Titel, aber du trägst den Geist. Du inspirierst Hoffnung, wo keine ist, und deine Macht ist größer als die jedes Reiters, den ich je gesehen habe. Das reicht mir.«

Kai war von seinen Worten demütig berührt. Bevor sie antworten konnte, weiteten sich Ryns Augen.

»Drakka!«

Kai wirbelte herum und zog ihr Schwert, ihre Augen scannten die Bäume. »Wo? Ich sehe nichts.«

»Sie sind in Bewegung. Wir müssen sie aufhalten, bevor sie andere alarmieren.«

Kai sprintete in den Wald, schlängelte sich zwischen den Bäumen hindurch. Sie musste nicht weit gehen, bevor sie dunkle Gestalten entdeckte, die sich durch das Unterholz bewegten. Sie folgte ihnen, durchbrach ein Gebüsch und stand einem Drakka-Späher gegenüber. Ohne zu zögern schwang sie ihre Klinge. Der Drakka blockte ihren Hieb und knurrte, seine Augen voller Bosheit.

Mit der Kraft ihres Umhangs glitt Kai in die Schatten, verschwand aus dem Blickfeld und tauchte hinter der verwirrten Kreatur wieder auf, stieß ihre Klinge in dessen Rücken. Es gurgelte und fiel auf die Knie. Kai setzte ihren Fuß auf seinen Rücken, riss ihr Schwert heraus und der Drakka fiel mit dem Gesicht voran zu Boden. Siran und Jiro standen ein paar Meter entfernt und starrten sie an.

»Warum steht ihr nur da? Es gibt noch mehr von ihnen. Beeilt euch!«

Kai rannte in die Richtung, in die die anderen Drakka geflohen waren, und Siran und Jiro holten sie ein. Die drei verfolgten die Drakka, ihre Schritte dröhnten auf dem Waldboden. Zweige peitschten ihnen ins Gesicht und an die Arme, aber sie drängten durch den stechenden Schmerz, entschlossen, die Späher zu fangen, bevor sie eine größere Streitmacht alarmierten.

Sie jagten die Drakka tiefer in den Wald, das Unterholz wurde dichter, je weiter sie vordrangen. Die Kreaturen bewegten sich schnell, wurden aber von dem dichten Gestrüpp behindert. Als sie um eine Biegung kamen, rutschte Kai zum Stehen, streckte einen Arm aus, um Siran und Jiro hinter ihr anzuhalten. Durch die Bäume konnte sie eine kleine Lichtung sehen, auf der sich eine Gruppe von Drakka versammelt hatte, ihre dunkelgrünen Schuppen verschmolzen mit den Farben des Waldes. Sie schienen mitten in einer hitzigen Diskussion zu sein, ihr Knurren und Zischen erfüllte die Luft.

Kai kauerte sich nieder und bedeutete ihren Gefährten, dasselbe zu tun. Sie wusste, dass sie es nicht mit einer Gruppe dieser Größe alleine aufnehmen konnten. Sie brauchten einen Plan.

Wo bist du? fragte Kai Hikari.

Ich fliege über den Bäumen, aber ich kann wegen des Blätterdachs nichts sehen. Was passiert?

Kai schickte dem Drachen ein Bild von dem, was sie sah, aber Hikari flutete die Verbindung nur mit ihrer Verwirrung. Hinter ihnen knackte ein Zweig, und die Drakka drehten sich zu ihnen um. Kai ruckte mit dem Kopf herum und sah Ichiro. Er nickte ihr zu, bevor ein pfeifendes Geräusch die Luft erfüllte und ein Pfeil ihn in die Brust traf. Er taumelte von der Wucht zurück und brach zusammen.

»Ichiro!« Jiro eilte an die Seite seines Bruders.

Das Geräusch des Kampfes erfüllte die Luft, und als Kai sich zur Lichtung zurückdrehte, sah sie Ryn und die anderen Abtrünnigen, die gegen die Drakka kämpften. Siran stürmte auf die Lichtung, ihr Schwert blitzte, als sie sich ins Getümmel stürzte.

Kai kroch zu Ichiro hinüber. Der Pfeil hatte genau eine Lücke in seiner Rüstung getroffen. Blut quoll aus der Wunde, und Kai drückte ihre Hand darauf, um den Fluss zu stillen. Ichiro stöhnte vor Schmerz, und Jiro wiegte den Kopf seines Bruders in seinem Schoß.

»Bleib wach«, drängte er.

»Wir müssen ihn hier rausbringen. Meister Satoshi wird wissen, was zu tun ist. Kannst du mir helfen, ihn zu tragen?«

Jiro nickte und erhob sich. Kai packte seine Beine und Jiro seine Arme, und gemeinsam trugen sie ihn aus dem Wald. Das Lager war in höchster Alarmbereitschaft, und die Verschworenen waren auf allen Seiten aufgestellt, Waffen gezückt und bereit.

Meister Satoshi sah sie, als sie aus den Bäumen kamen, und rief nach einem Arzt.

Kai und Jiro setzten Ichiro vorsichtig ab, und der Arzt übernahm, untersuchte die Wunde. Ohne etwas zu erklären, sprintete Kai zurück in den Wald, in Richtung der Lichtung. Als sie zurückkehrte, setzten die Drakka ihre Macht über die Erde ein, beschworen Baumwurzeln aus dem Boden, um die Abtrünnigen anzugreifen.

Ryn und seine Männer hatten ihre Kraft erschöpft und begannen, an Boden zu verlieren. Kai nutzte ihren Umhang, um in das Schattenreich zu verschwinden, sich wie ein Geist durch die Bäume zu bewegen und einen Drakka nach dem anderen zu töten. Die Abtrünnigen erneuerten ihren Angriff, und bald waren alle Kreaturen tot.

»Sind das alle?« fragte Kai, nachdem sie in die physische Welt zurückgekehrt war.

Ryn neigte seinen Kopf zur Seite, als ob er etwas hören würde, dann nickte er. »Ich spüre keine anderen. Ich denke, wir haben sie alle getötet.«

Kai wischte ihr Schwert an einem der Körper ab und steckte es in die Scheide. »Gut. Hat jemand eine Verletzung erlitten?«

»Nein. Wir hatten Glück.«

»Mit Glück hatte das sicher nichts zu tun«, erwiderte sie lächelnd. »Ihr seid alle geschickte Krieger.«

Ryn verbeugte sich vor ihr. Sie gingen gemeinsam durch den Wald, und als sie zum Lager zurückkehrten, warfen viele der Verschworenen Kai neugierige Blicke zu. Sie trat zu Meister Satoshi.

»Wie geht es Ichiro?« fragte sie.

»Er wird überleben, obwohl er nicht kämpfen können wird. Sein Drache wird ihn nach Dangju zurückbringen.«

Erleichterung überkam Kai. »Das sind großartige Neuigkeiten. Warum... starren mich alle an?«

»Die Kunde von deinen Taten im Wald verbreitet sich.«

»Sie fürchten sich jetzt vor mir, nicht wahr?«

»Furcht entspringt oft einem Mangel an Verständnis«, sagte Meister Satoshi und legte eine beruhigende Hand auf ihre Schulter. »Dein Geheimnis ist sicher, sorge dich nicht darum. Ich werde sicherstellen, dass sie wissen, dass du dich nicht von anderen Verschworenen unterscheidest.«

»Danke, Meister«, flüsterte sie.

»Iss etwas und bereite dich vor. Wir müssen weiter.«

Die Reise wurde fortgesetzt, und sie flogen bis in die Nacht hinein und schlugen auf einem Plateau in den Bergen ihr Lager auf.

Kais Erschöpfung führte zur ersten vollen Nacht Ruhe, die sie seit Tagen erlebt hatte. Kurz vor Tagesanbruch weckte Meister Satoshi sie alle, bot ihnen gedämpften Reis zum Frühstück an, bevor er sie aufforderte, wieder aufzubrechen.

Sie flogen mehrere Stunden, und als Zhencheng am Horizont auftauchte, peitschte plötzlich eine Windböe gegen sie, die die Drachen bedrohlich schwanken ließ. Kais Griff um Hikari verstärkte sich, als sie voraus blinzelte.

Etwas stimmt nicht, sagte sie zu ihrem Drachen. *Das ist nicht natürlich.*

Kaum hatte sie die Worte gedacht, materialisierte sich eine Wand aus wirbelnden Wolken vor ihnen, die mit lila Blitzen knisterte. Der Sturm erschien aus dem Nichts, seine Intensität erinnerte Kai an den Sturm, der Ikje vor der Zeremonie der Schwüre heimgesucht hatte.

Drakka-Magie, sagte Hikari. *Ich kann sie spüren.*

Kai wusste, dass sie nicht umkehren konnten, nicht wenn sie so nah waren. Sie griff auf ihre Verbindung zurück und streckte ihre Sinne aus, tastete den magischen Sturm ab.

Ich glaube, ich kann uns hindurchführen, sagte sie. *Bring uns zu Meister Satoshi.*

Der Drache beschleunigte und brachte sie in die Führungsposition.

»Lass mich die Führung übernehmen!« rief sie und versuchte, über dem Wind gehört zu werden. »Sag ihnen, sie sollen mir folgen!«

Meister Satoshi nickte und winkte sie vorwärts. Hikari übernahm die Spitze, und die Verschworenen fielen hinter ihnen in Position. Kai schloss die Augen und konzentrierte sich auf das Ebben und Fließen der magischen Energien um sie herum. *Kannst du es spüren?* fragte sie den Drachen.

Ja. Der Pfad ist tückisch, aber nicht unpassierbar.

Mit einem tiefen Atemzug öffnete Kai die Augen und drängte Hikari vorwärts, tauchte in das Herz des Sturms. Blitze knisterten um sie herum, der Wind drohte, sie vom Himmel zu reißen. Aber Kai blieb fokussiert und führte die Gruppe durch den Mahlstrom mit einer Kombination aus Instinkt und ihren magischen Fähigkeiten.

Links! sagte sie, und Hikari machte eine scharfe Kurve, entging knapp einem Faden aus lila Blitzen. *Jetzt nach oben!*

Was wie eine Ewigkeit erschien, navigierten sie durch den magischen Sturm, bis sie endlich mit einem letzten Geschwindigkeitsschub auf der anderen Seite hervorkamen, der Sturm löste sich hinter ihnen auf. Jubel brach unter den Verschworenen aus, als sie realisierten, dass sie durch den Sturm durchgekommen waren. Meister Satoshi übernahm wieder die Führung. Er warf ihr einen Blick zu, seine Lippen kräuselten sich zu einem kleinen, zufriedenen Lächeln. Es lag etwas zutiefst Persönliches darin, als ob der Stolz nicht für die Augen anderer, sondern nur für ihre eigenen erblühte.

Kai nickte ihm als Antwort zu, ihre Brust eng vor einer Mischung aus Überschwang und Unbehagen. Sie wusste, dass ihre Kräfte wuchsen, aber zu welchem Preis?

Die Landschaft unter ihnen wurde trostlos. Verbrannte Erde und verlassene Dörfer erzählten die Geschichte des Vorrückens der Drakka. Kais Stimmung wurde düster. Das einst grüne Land rund um die Hauptstadt war jetzt eine Ödnis, und in der Ferne konnte sie den schwachen Schein von Feuern sehen.

Wie viele Unschuldige haben bereits gelitten? fragte sie sich.

Hikaris beruhigende Präsenz erfüllte ihren Geist. *Wir werden sie rächen.*

In der Ferne kamen endlich die imposanten Mauern von Zhencheng in Sicht, aber statt ein Leuchtfeuer der Hoffnung zu sein, standen sie nun als letztes Bollwerk gegen die herannahende Dunkelheit. Die Präsenz der Drakka-Horde war unverkennbar, ihre Kriegsmaschinen und dunkle Magie eine Plage für das Land. Kai schluckte hart, stählte sich für den kommenden Kampf.

Wenn wir fallen... sie brach ab.

Wenn wir fallen, werden wir es in einem Rausch der Herrlichkeit tun, sagte Hikari.

10

Die große Stadt Zhencheng stand vor Akuhara wie eine störrische Glut, die sich weigerte zu erlöschen. Ihre hohen Mauern waren mit kaiserlichen Soldaten gespickt, und Geschworene flogen über ihr. Selbst von dem Grat aus, auf dem sie stand, konnte sie die Banner des Kaisers sehen, die trotzig im Wind flatterten, ihre goldenen Fäden schimmerten im Licht.

Ihre Streitkräfte sammelten sich unten, eine brodelnde Masse von Drakka, die die Luft mit ihrem Knurren und Grollen erfüllte. Sie hatte jeden Einzelnen von ihnen gerufen, von den kleinsten Jungdrachen bis zu den mächtigsten Kriegern. Dies sollte ihr letzter Schlag sein, der vernichtende Hieb, der das Imperium ein für alle Mal beenden würde. Und doch ballten sich ihre Fäuste vor Wut.

Dangju. Der Name brannte in ihrem Geist wie ein Brandmal. Als die Nachricht von der Niederlage der Drakka dort sie erreichte, hatte sie vor Wut und Frustration geschrien. Eine Stadt, die zu Asche reduziert sein sollte, stand immer noch, dank des Eingreifens ihrer Schwester.

Kai.

Akuhara drehte sich scharf um, vor Wut kochend, als sie in ihr Zelt schritt. Der Raum wurde von einer Feuerschale erhellt, die hell brannte, das Leuchten warf Schatten über die Karten und Schlachtpläne, die auf dem Tisch ausgebreitet waren. Ihr Drache folgte ihr, steckte seinen Kopf durch die Zeltklappen, seine glühenden Augen funkelten vor Neugier und Besorgnis.

Du lässt deine Wut dich verzehren, sagte er, seine Stimme ein tiefes Grollen.

Sei still, fauchte Akuhara und schlug mit den Händen auf den Tisch. Ihr Atem kam in kurzen, wütenden Stößen, während sie auf die Karte von Zhencheng starrte. Ihre Klauen aus dunkler Magie zeichneten die Verteidigungsanlagen der Stadt nach, suchten nach Schwachstellen, nach jedem Riss, den sie ausnutzen könnte.

Sie ist hier, sagte Akuhara schließlich, ihre Stimme zitterte vor einer Mischung aus

Wut und etwas, das sie nicht zugeben wollte. Angst. *Kai hat mehr Geschworene gebracht, um die Stadt zu verteidigen. Sie ist stärker geworden. Zu stark.*

Der Drache streckte sich näher, sein gewaltiger Kopf nah genug, dass sie seinen Atem spüren konnte. *Du hast sie schon einmal bekämpft. Du kannst es wieder tun. Und diesmal wirst du sie besiegen.*

Akuhara schüttelte den Kopf, ihre Hände zu Fäusten geballt. *Sie ist jetzt anders. Jedes Mal wird sie mehr, als ich erwarte. Mehr, als ich überwinden kann. Sie hat einen Ältestendrachen, und jetzt hat sie das Herz der Flamme und diesen Umhang. Wie soll ich das aufhalten?*

Die glühenden Augen des Drachen verengten sich. *Du hast eine ganze Horde unter deinem Kommando. Du hast mich. Sie ist nur eine.*

»Sie ist nicht nur eine!«, schrie Akuhara laut und schlug mit der Faust auf den Tisch, stark genug, um das Holz zu spalten. Sie holte zitternd Luft, ihre Schultern bebten. *Sie ist aus dem gleichen Stoff geschnitten wie ich. Und sie wird nicht aufhören, bis sie gewonnen hat.*

Stille hing in der Luft, dick und erstickend. Akuhara wandte sich ab, ihr Blick glitt zur Rückseite des Zeltes. Draußen hallten die Brüllen der Drakka durch das Lager, ihre Blutlust war greifbar. Sie wusste, dass sie sie entfesseln könnte, sie die Stadt in einer Flut aus Feuer und Zerstörung überrollen lassen könnte. Aber es würde nicht nur das Imperium sein, das fiele. Es wäre alles. Möglicherweise sogar sie selbst.

»Ich muss dem ein Ende setzen«, flüsterte Akuhara, ihre Stimme kaum hörbar. »Keine Rückzüge mehr. Kein weiteres Warten. Zhencheng muss brennen.«

Ihr Drache grummelte zustimmend, aber es lag ein Hauch von Vorsicht in seinem Ton. *Dann musst du dich wappnen. Sie wird keine Gnade zeigen. Und du darfst es auch nicht.*

Akuhara richtete sich auf, ihr Gesichtsausdruck verhärtete sich zu einer Maske der Entschlossenheit. Sie verließ das Zelt, ihr Geist wirbelte vor Zweifel und Angst, aber sie begrub es tief unter dem Gewicht ihrer Wut. Wenn sie Kai wieder gegenübertreten würde, dann zu ihren Bedingungen. Und diesmal würde sie nicht zögern.

Sie projizierte ihre Stimme magisch, ihr Ton kalt und unnachgiebig.

»Angriff!«

11

Der Geruch von Rauch stach in Kais Nasenlöchern, als sie über der kaiserlichen Stadt kreisten. Kriegstrommeln hallten durch die Luft und vermischten sich mit dem kehligen Brüllen der Drakka – einer unerbittlichen Flut, die sich bis zum Horizont erstreckte. Ihre wuchtigen Gestalten verwandelten die Erde in einen üblen Morast und zerstörten alles unter ihren Füßen.

Kaiserliche Soldaten standen auf den Mauern, ihre Gesichter bleich, aber ihre Waffen standhaft. Bogenschützen schossen Salven von Pfeilen ab, obwohl viele auf den dicken, gepanzerten Häuten der Drakka keinen Halt fanden. Belagerungsmaschinen schleuderten brennendes Pech, und Fässer mit kochendem Öl wurden auf die Angreifer gegossen, aber die schiere Masse der Feinde blieb unverändert. Für jeden gefallenen

Drakka drängten ein Dutzend weitere nach, kletterten über die Leichen ihrer eigenen Art in ihrem unstillbaren Hunger, die Stadt zu durchbrechen.

Und irgendwo da draußen, das wusste Kai, war ihre Schwester. Sie betrachtete alles mit grimmigem Gesichtsausdruck, während Hoffnung langsam der Verzweiflung wich.

Wie können wir hoffen, eine solche Flut zurückzudrängen? fragte sie.

Wir haben keine andere Wahl, als zu gewinnen, antwortete Hikari.

Meister Satoshi kehrte vom Gespräch mit dem Kaiser zurück, sein Drache flog in die Mitte ihrer Formation. Er rief, um über dem Lärm gehört zu werden, seine Stimme drang durch das Chaos.

»Der Kaiser hat uns einen letzten Befehl gegeben: Wir sollen durch die Linien der Drakka brechen und der Schlange den Kopf abschlagen.« Während er sprach, blickte er zu Kai. »Wir müssen sie herauslocken und mit allen Mitteln besiegen.«

Kai kannte die wahre Bedeutung hinter seinen Worten: Sie war damit beauftragt, Akuhara zu stoppen. Sie nickte schweigend zur Bestätigung. Sie hatten schon einmal gekämpft, und obwohl Kai gewonnen hatte, war die Macht ihrer Schwester nicht zu unterschätzen.

Irgendwelche Ideen, wie wir sie finden können? fragte Hikari.

Kai scannte die Reihen der Drakka, aber es gab kein Anzeichen von Akuhara. *Wir müssen etwas tun, um ihre Aufmerksamkeit zu erregen.*

»Ich brauche die Zerrissenen«, sagte Kai zu Meister Satoshi.

»Nimm, wen du brauchst. Der Rest von uns wird tun, was wir können, um die Drakka von den Mauern fernzuhalten.«

Kai gab Ryn ein Zeichen, und Hikari stieg vom Himmel herab, entfesselte einen Feuerstrom, der eine Schneise durch die Drakka schnitt und Dutzende mit einem einzigen Atemzug verbrannte. Hinter ihr folgten die Zerrissenen. Ryn führte seine Männer auf einem mitternachtschwarzen Drachen an und schlug wie ein schattenhafter Vorbote des Todes zu. Die Zerrissenen flogen in enger Formation, ihre Klingen blitzten und Magie knisterte, während sie in das Getümmel stürzten.

Kai klammerte sich an Hikaris Sattel, ihr Haar peitschte im Wind, als sie auf eine Gruppe Drakka hinabstießen. Mit einem wortlosen Schrei entfesselte sie das Herz der

Flamme, das Artefakt flammte in ihrer Hand auf. Eine feurige Schockwelle brach aus und zerstreute die Kreaturen wie Blätter in einem Sturm. Aber die Kreaturen waren unerbittlich, und Hikari wirbelte nach oben, als Drakka auf sie zu schwärmten, ihre Klauen kratzten durch die Luft.

Kai suchte nach ihrer Schwester, aber sie war nirgends zu finden. Ihre Augen verengten sich, als sie einen riesigen Drakka sah – eine Kreatur, doppelt so groß wie ihre Artgenossen –, der auf das äußere Stadttor zuraste. Sein Fleisch glänzte wie Obsidian, und eine Krone aus verdrehten Hörnern zierte seinen Kopf.

Ich weiß nicht, was das ist, aber es kann nichts Gutes sein, sagte Kai.

Sollen wir versuchen, ihn aufzuhalten? fragte Hikari.

Kai zögerte. *Nein. Wir müssen Akuhara finden.*

Hikari stieg höher in den rauchgefüllten Himmel, ihre Flügel schlugen mit kraftvollen Stößen, während die Geräusche der Schlacht unter ihnen leiser wurden. Kai inspizierte das Schlachtfeld, aber Akuhara war immer noch nirgends zu sehen.

Wir brauchen eine Ablenkung, die groß genug ist, um Akuhara herauszulocken. Etwas, das sie nicht ignorieren kann.

Bevor sie entscheiden konnte, was das sein könnte, bemerkte sie, dass die Drakka zu einer Seite der Mauern schwärmten. Es war kein Chaos, es war koordiniert, fast als ob -

Ihr Herz sank, als sie es entdeckte: ein Durchbruch in der Mauer. Drakka strömten hindurch wie Wasser aus einem gebrochenen Damm. »Nein«, flüsterte sie, ihre Gedanken rasten. Sie durften die Stadt nicht verlieren. Kai traf eine blitzschnelle Entscheidung.

Bring mich dort runter, sagte sie zu Hikari und umklammerte den Drachen fest, während sie in einem spiralförmigen Sturzflug zur Mauer hinabstiegen. Sie landeten inmitten der Drakka-Horde, und Hikari stieß ein ohrenbetäubendes Brüllen aus. Die Drakka zögerten einen Moment, und Kai verlor keine Zeit, das Herz der Flamme zu kanalisieren und eine Welle aus Feuer zu entfesseln, die die nächsten Feinde in einem Inferno verschlang.

Hikari atmete ihre eigenen Flammen, und mit einem urtümlichen Knurren streckte Kai ihre Hände nach vorne und lenkte das Feuer in Richtung der Flammen ihres Drachen. Die beiden Ströme verschmolzen, wuchsen, drehten sich, bis eine massive Wand aus sengendem Feuer vor ihnen ausbrach.

Der Vormarsch der Drakka kam abrupt zum Stillstand, ihre Kriegsschreie verwandelten sich in Schreie der Verwirrung und des Schmerzes. Die Barriere aus Feuer erstreckte sich über den Durchbruch, ein undurchdringlicher Vorhang aus flackerndem Orange und Gold. Kais Arme zitterten mit der Anstrengung, den Zauber aufrechtzuerhalten. Sie kaufte ihnen Zeit, den Durchbruch zu versiegeln, aber sie wusste, dass es nicht genug sein würde.

Ihr Blick glitt über die Mauern und nahm die zerschlagenen Verteidigungsanlagen, die erschöpften Soldaten und den unerbittlichen Feind wahr, der immer noch gegen ihre feurige Barriere drückte. Ein plötzliches, knochenerschütterndes Brüllen hallte durch das Chaos.

Kais Herz setzte einen Schlag aus, als sie sah, wie der massive obsidianfarbene Drakka auf sie zu stürmte, seine Hörner glänzten im Feuerschein. Die anderen Drakka in der Umgebung schienen sich wie ein dunkles Meer zu teilen und machten der furchterregenden Kreatur Platz. Seine Augen fixierten Kai, und ein Schauer lief ihr über den Rücken. Dieser Drakka war kein gewöhnliches Biest; er strahlte eine Aura von

Macht und Bösartigkeit aus, die selbst Hikari einen Moment lang stocken ließ.

Gerade als sie spürte, wie ihre Kraft nachließ, mischten sich Ryn und die anderen Zerrissenen in den Kampf ein und griffen den enormen Drakka an. Ihre Drachen entfesselten Ströme aus Flammen, Blitzen und Eis, ihre Wildheit unübertroffen.

Aber es war nicht genug. Die Drakka waren zu viele, ihre Reihen zu tief. Selbst die Heldentaten der Zerrissenen konnten das Gleichgewicht nicht lange kippen. Sie brauchten ein Wunder.

12

»Die Bresche ist versiegelt!«, rief Meister Satoshi.

Es war ein kleiner Sieg, aber er stärkte Kais Kampfgeist trotzdem. Sie richtete ihre Aufmerksamkeit wieder auf den riesigen Drakka. Auf die Gefahr hin, ihre Konzentration zu verlieren, glitt sie vom Rücken des Drachen und stellte sich neben sie.

Hilf mir, ihn zu Fall zu bringen, sagte Kai zu Hikari.

Ich bin bereit, wenn du es bist.

»Ryn!«, rief Kai. »Zieh dich zurück!«

Er tat, worum sie ihn bat, und die anderen Zerrissenen folgten seinem Befehl, dasselbe zu tun. Mit ihnen aus dem Weg wandte Kai die Flammen von der Mauer zum Drakka und zwang die Wand, sich um die Kreatur zu schließen. Der Drakka kratzte an der

Barriere, seine massive Gestalt zeichnete sich als Silhouette gegen die Flammen ab. Seine trotzigen Brülllaute verwandelten sich in schmerzerfüllte Schreie, als die Flammen sein Fleisch versengten, aber dennoch drängte er mit unnatürlicher Kraft vorwärts. Kai biss die Zähne zusammen und konzentrierte ihre gesamte Energie darauf, den Zauber aufrechtzuerhalten, ihr Körper zitterte vor Anstrengung.

Mit einem donnernden Brüllen stürmte Hikari durch die Feuerwand nach vorne und krachte in den Drakka. Ihr Zusammenstoß sandte Schockwellen durch den Boden unter Kai, während sie um die Vorherrschaft rangen. Kai löste die Magie und zog ihr Schwert, zögerte, als ihr Blickfeld verschwamm. Es klärte sich schnell und sie stürmte vorwärts, schwang ihre Klinge in einem Bogen, der den Kopf des Drakka von seinen Schultern trennte. Ein Jubeln erhob sich von den Verteidigern auf den Mauern.

Aber der Kampf war noch nicht vorbei. Weitere Drakka drängten vorwärts, ihr Hass durch den Fall ihres Kameraden befeuert. Eine Schar von Geschworenen und ihren Drachen landete zu beiden Seiten von Kai und schloss sich dem Kampf an. Kai kletterte auf Hikaris Rücken, und die Geschworenen nahmen eine Pfeilspitzenformation ein. Kai spürte, wie sich Hikaris Muskeln unter ihr anspannten, bereit, den Angriff anzuführen.

»Gemeinsam!«, rief Kai.

»Gemeinsam!«, echoten die anderen im Chor.

Die Luft füllte sich mit dem Lärm des Kampfes, als Drachen und Drakka aufeinanderprallten. Kai lenkte Hikari mit subtilen Gewichtsverlagerungen, ihre Gedanken arbeiteten wie ein einziger. Sie drängten in die Reihen der Drakka, versetzten schnelle, tödliche Schläge und hinterließen eine Spur der Zerstörung.

Die Gezeiten des Kampfes begannen sich zu wenden, langsam aber unaufhaltsam. Kai beobachtete mit wachsender Begeisterung, wie die Linien der Drakka unter dem unerbittlichen Angriff der Geschworenen zu bröckeln begannen. Ströme aus Feuer, Eis und Blitz leuchteten am Himmel auf, als die Geschworenen ihre Elementarkräfte in perfekter Harmonie entfesselten.

Kai verspürte einen Anflug von Stolz und Hoffnung. Mutig geworden, experimentierte sie mit den Fähigkeiten des Mantels, indem sie seine Macht auch auf Hikari ausdehnte. Es gelang ihr, aber es forderte seinen Tribut. Sie setzte ihn in Schüben ein, führte Hikari durch das Schattenreich, um dort aufzutauchen, wo sie am dringendsten gebraucht wurden, und erschien wieder, um Unterstützung und Anweisung zu geben.

»Sie geraten ins Wanken!«, rief Kai, ihr Herz raste. »Dranbleiben!«

Als Antwort auf ihre Worte begannen die Formationen der Drakka zu zerfallen. Ihre furchterregenden Brüllaute verwandelten sich in Schreie der Frustration und des Schmerzes, als sie feststellten, dass sie bei jedem Zug übertölpelt wurden. Ein Horn dröhnte durch die Luft, und die Drakka begannen sich zurückzuziehen.

Akuhara ist in der Nähe, sagte Kai. *Bring mich nach oben.*

Hikari stieg in die Luft auf, und Kai suchte den Boden ab. Es gab immer noch keine Spur von ihrer Schwester. Sie beobachtete, wie sich die Wellen der Drakka von der Stadt zurückzogen, aber sie wusste, dass es nur eine kurze Atempause war. Solange Akuhara da draußen war, würden die Drakka nicht nachlassen. Sie kehrten zum Boden zurück, und Meister Satoshi wartete zwischen den Geschworenen.

»Du hast dich als Anführerin bewiesen«, sagte er zu Kai. »Die Geschworenen haben sich von selbst um dich geschart.«

»Ich habe nur getan, was jeder von uns getan hätte«, antwortete Kai.

»Wir müssen unsere Kräfte sammeln und uns auf die nächste Welle vorbereiten. Was wir gesehen haben, ist erst der Anfang.«

Meister Satoshi hatte recht. Die nächste Welle der Drakka würde kommen, und erneut würden die Verteidigungsanlagen der Stadt bis an ihre Grenzen getestet werden. Sie brauchten Ruhe, aber es war keine Zeit zu verlieren. Meister Satoshi begann, Befehle zu erteilen, ihre Streitkräfte zu organisieren und sich auf den bevorstehenden Ansturm vorzubereiten.

Es dauerte nicht lange, bis ein Späher mit der Nachricht eintraf, dass sich die Drakka neu formiert hatten.

»Wie viele?«, fragte Meister Satoshi.

»Mehr als zuvor. Weitaus mehr.« Die Stimme des Spähers zitterte. »Und der Himmel... er ist nicht natürlich.«

Dunkle Gewitterwolken wirbelten am Horizont, von einem unheimlichen grünen Schimmer durchzogen. Ein tiefes Grollen erschütterte den Boden, als ob die Erde selbst vor Angst zitterte. In der Ferne erschien ein riesiges Meer aus Schatten am Horizont, das sich so weit erstreckte, wie das Auge reichte. Die Drakka waren zurückgekehrt.

Als Kai zusah, erhob sich eine Gestalt über die Reihen, schrecklich und vertraut. Akuhara. Neben ihr ragte eine monströse Gestalt auf – ihr Drache, umhüllt von grünem Licht und Flammen. Die Luft wurde schwer, geladen mit einer erdrückenden Energie, die das Atmen erschwerte. Kai spürte eine Präsenz an ihrer Seite und drehte sich um, um Siran mit ernstem Gesicht zu sehen.

»Bei den Ahnen«, hauchte sie. »Es sind so viele...«

Die Sturmwolken wogten über ihnen, und in der Ferne ließ Akuharas Drache ein knochenerschütterndes Brüllen ertönen. Kai schloss die Augen und suchte tief in sich selbst nach der Kraft, die sie im kommenden Kampf brauchen würde. Die Elemente antworteten auf ihren Ruf, Feuer und Erde pulsierten durch ihre Adern.

Ich bin bei dir, sagte Hikari. *Wir werden sie gemeinsam besiegen.*

Meister Satoshis Stimme durchschnitt die Spannung und holte Kai aus ihren Gedanken zurück. Er stand auf einer nahegelegenen Brustwehr, sein Haar peitschte im Wind, als er sich an die versammelten Verteidiger wandte.

»Söhne und Töchter von Zhencheng!«, brüllte er. »Der Feind steht vor unseren

Toren, aber sie werden hier keinen leichten Sieg finden! Wir sind die Wächter dieses Landes, und unsere Seelen brennen heller als ihre dunklen Wolken! Erinnert euch an diejenigen, die vor uns kamen, die ihr Leben gaben, damit wir heute hier stehen können! Wir sind Geschworen, und wir werden nicht wanken!«

Ein Chor von Jubel brach von den Verteidigern aus. Kai hob aus Solidarität ihre Faust, ihr Herz pochte vor einer Mischung aus Angst und Entschlossenheit. Sie fuhr mit einer Hand über Hikaris Schuppen. Der Drache antwortete mit einem Grollen, eine Rauchfahne kräuselte sich aus seinen Nüstern.

Ein ohrenbetäubender Knall erschütterte die Fundamente der Stadt. In der Ferne flogen massive Felsbrocken durch die Luft und krachten gegen die Außenmauern von Zhencheng.

»Sie haben Belagerungsmaschinen mitgebracht!«, rief jemand.

Kais Gedanken rasten. »Hikari, wir müssen-«

Bevor sie ihren Satz beenden konnte, schlug eine weitere Salve in die Verteidigungsanlagen ein. Die Luft füllte sich mit den Schreien panischer Zivilisten und den

Rufen von Soldaten, die zu ihren Posten eilten.

»Mehrere Durchbrüche!«, kam ein verzweifelter Schrei von jenseits der Mauer. »Sie greifen von allen Seiten an!«

13

Die Welt verschwamm, als Hikari sich in die Lüfte erhob, ihre mächtigen Schwingen trugen sie über das Chaos hinweg. Von ihrem erhöhten Standpunkt aus sank Kais Herz beim Anblick unter ihnen. Die äußeren Mauern waren an mehreren Stellen eingestürzt, und Ströme von Drakka-Truppen ergossen sich durch die Lücken wie eine giftige Flut.

Wir dürfen sie nicht zum Palast durchlassen, sagte Kai.

Hikari knurrte zustimmend und stürzte sich auf den nächsten Durchbruch zu. Kai beschwor Feuerschwalle herauf, die auf die Eindringlinge herabregneten. Schmerzens- und Wutschreie hallten von unten herauf. Als sie zum nächsten Anflug ansetzten, erblickte Kai verängstigte Zivilisten, die durch die Straßen flohen.

Wir müssen ihnen Zeit verschaffen, sagte sie, mehr zu sich selbst als zu Hikari. *Zum Haupttor!*

Sie flogen über die Stadt, und Kais Magen verkrampfte sich beim Anblick der Zerstörung unter ihnen. Feuer wüteten unkontrolliert, Rauch stieg in den Himmel auf. Das Geräusch von aufeinanderprallenden Schwertern und gequälten Schreien erfüllte die Luft. Als sie in der Nähe des Tores landeten, sprang Kai von Hikaris Rücken.

»Wo ist Meister Satoshi?«, fragte sie einen nahestehenden Wächter.

»Er wurde zum Kaiser gerufen.«

Halte diese Position, befahl sie Hikari.

Kai rannte durch die Straßen. Der Angriff der Drakka war unerbittlich, weit schlimmer als sie es sich vorgestellt hatte. Sie erreichte den Palast und schritt ungehindert hinein, da die Wachen abwesend waren. Als sie in die kaiserlichen Gemächer stürmte, ließ der Anblick vor ihr ihr Blut gefrieren.

Der Kaiser, mit aschefahlem Gesicht, war von kauernden Beratern umgeben. »Wir haben keine Wahl«, sagte er, seine alterschwache Stimme zitterte. »Wir müssen kapitulieren, bevor alles verloren ist.«

»Eure Majestät!«, rief Kai und schritt vorwärts. Alle Augen richteten sich auf sie, auch die von Meister Satoshi, der neben dem Thron des Kaisers stand. »Ihr könnt nicht aufgeben.«

Die Augen des Kaisers verengten sich. »Zhencheng fällt. Diesen Kampf fortzusetzen bedeutet, unser Volk zum Abschlachten zu verdammen.«

Kai schüttelte vehement den Kopf. »Ich kann das aufhalten. Ich kann mich Akuhara direkt stellen.«

Meister Satoshi beugte sich nah heran und flüsterte dem Kaiser ins Ohr. Kai fragte sich unwillkürlich, ob er sie verriet. Der Kaiser musterte sie lange, der Konflikt deutlich in seinem Gesicht erkennbar. Schließlich nickte er.

»Ich werde nicht versagen«, versprach sie. »Beschützt den Kaiser«, fügte sie hinzu und blickte zu Meister Satoshi. Er nickte, und Kai verließ den Palast, sprintete zurück zum Haupttor der Stadt.

Es ist Zeit, dem ein Ende zu setzen, sagte sie zu Hikari, während sie neben dem Drachen zum Stehen kam. *Ich kümmere mich um Akuhara. Du hältst ihr Biest beschäftigt.*

Hikari erhob sich mit einem lauten Brüllen in die Luft und verschwand über der

Mauer. Kai schlüpfte durch das Tor, das durch einen großen Felsblock aufgestemmt worden war. Sie überflog das Schlachtfeld und entdeckte Akuhara, die eine Gruppe von Drakka anführte, umgeben von knisternder Macht wie eine unheilvolle Aura. Kai umklammerte ihren Schwertgriff fester und stürmte los, um sich ihr zu stellen.

»Ich hätte wissen müssen, dass ich dich hier finde«, sagte ihre Schwester. »Du bist ein echter Dorn in meiner Seite geworden.«

»Lass mich dein Leiden lindern.«

Ohne Vorwarnung schlug Akuhara zu. Dunkle Ranken aus Magie, verwoben mit sengendem Feuer, peitschten auf Kai zu. Sie hatte kaum Zeit zu reagieren. Sie warf sich zur Seite und kanalisierte ihre Verbindung zur Erde. Der Boden bebte, reagierte auf ihren Willen. Eine Mauer aus Stein brach aus dem Boden hervor und schützte sie vor dem Schlimmsten von Akuharas Ansturm.

»Du kannst mich nicht besiegen«, höhnte Akuhara und entfesselte eine weitere Salve dunklen Feuers, die den Stein zum Schmelzen brachte. »Du bist zu schwach, zu ängstlich, um wahre Macht zu ergreifen!«

Kai biss die Zähne zusammen und schöpfte aus der Magie des Herzens der Flamme, um die Flammen ihrer Schwester beiseite zu drängen. »Du irrst dich«, erwiderte sie, ihre Stimme trotz der Anstrengung fest. »Stärke bedeutet nicht Herrschaft. Es geht darum, das Richtige zu tun, selbst wenn es dich alles kostet.«

Akuharas Augen blitzten boshaft auf, als sie einen Wirbelwind aus Schatten beschwor, ihre Finger in arkanen Gesten verdrehend. »Solch edle Gefühle werden weder dich noch dieses Reich retten. Ich habe dir schon einmal gesagt, ich werde diese Welt verbrennen und etwas Neues erschaffen.«

Der dunkle Sturm stürzte auf Kai zu, knisternd vor Energie. Kais Instinkte übernahmen. Sie stieß ihre Hände nach vorne und rief das Herz der Flamme an. Eine strahlende Feuerwand brach vor ihr aus, verwoben mit Schattenfäden, die sie aus dem Schattenreich beschwor.

»Ich werde nicht zulassen, dass du noch mehr zerstörst!«, rief Kai.

Ihre Kräfte prallten in einem blendenden Spektakel aufeinander. Ströme aus Feuer und Schatten tanzten um sie herum, die Luft knisterte vor Energie. Kai zog Kraft aus der Erde und ließ den Boden unter Akuharas Füßen beben und sich wölben. Ihre Schwester stolperte, fand aber schnell ihr Gleichgewicht wieder und konterte mit einer Flut aus

Wasser vom Himmel, die drohte, Kai an Ort und Stelle zu ertränken. Kai wehrte die Magie ab, indem sie die Luft überhitzte und die Sintflut in Dampf verwandelte.

»Clever«, gab Akuhara widerwillig zu, ihre Augen verengten sich. »Aber du bist eine Anfängerin im Vergleich zu mir.«

Kais Atem kam in kurzen Stößen. Sie spürte die Anstrengung, solch intensive Elementarmanipulation aufrechtzuerhalten. Aber sie durfte jetzt nicht nachlassen. Mit einer schnellen Bewegung beschwor Kai einen Windstoß und nutzte ihn, um sich in die Luft zu katapultieren. Von diesem Ausgangspunkt aus ließ sie einen Hagel von Feuerbällen niederregnen, jeder einzelne darauf abzielend, Akuhara zurückzudrängen.

Sie konnte das nicht mehr lange durchhalten.

Kai spürte die vertraute Wärme von Hikaris Präsenz, die ihren Geist streifte. In diesem Moment der Verbindung durchströmte sie ein Kraftschub. Sie schloss kurz die Augen und holte tief Luft.

Zeig ihr deine wahre Kraft.

Die Worte kamen aus ihrer Verbindung, aber es war nicht Hikaris Stimme, die sie hörte. Es war Kokoros. Mit einer fließenden Bewegung entfaltete Kai den

Drachenhautumhang, dessen Schuppen in einem überirdischen Licht schimmerten. Als sie ihn um sich wickelte, glitt sie ins Schattenreich. Das Schlachtfeld um sie herum wurde gedämpft, geisterhaft. Sie konnte Akuhara sehen, aber die Bewegungen ihrer Schwester waren träge, als würde sie sich durch Wasser bewegen.

Kai huschte durch die Schatten und tauchte hinter Akuhara auf. Sie trat gegen die Rückseite ihres Beines und zwang ihre Schwester in die Knie. Akuhara erhob sich und wirbelte herum, aber Kai war bereits verschwunden, zurück in die Schatten geschmolzen. Sie erschien zu Akuharas Linken und beschwor einen Feuerwirbel, der ihre Zwillingsschwester überraschte.

»Steh still und kämpf gegen mich!«, brüllte Akuhara.

Kai verspürte einen Stich der Traurigkeit. »Ich kämpfe gegen dich«, sagte sie. »Aber zu meinen Bedingungen, nicht zu deinen!«

Während sie zwischen den Reichen tanzte, spürte Kai, wie sich das Blatt im Kampf wendete. Akuharas Angriffe, einst so überwältigend, wirkten nun plump und vorhersehbar. Bei jedem Durchgang nutzte Kai die Elemente – Feuer zum Blenden, Erde zum Fangen und Luft zum Stoßen.

Akuharas Wut wuchs mit jedem gescheiterten Angriff. »Glaubst du, deine Taschenspielertricks können dich retten?«, schrie sie und entfesselte eine massive Welle dunkler Energie.

Aber Kai war bereit. Sie trat direkt vor ihrer Schwester aus den Schatten hervor, ihre Hände webten ein kompliziertes Muster, geleitet von den alten Drachen der Vergangenheit. Die Elemente reagierten auf ihren Ruf und bildeten eine schimmernde Barriere, die Akuharas Angriff absorbierte.

Mit einer Geste richtete sie Akuharas eigene dunkle Energie gegen sie und schickte sie in einem blendenden Schauspiel zurück. Zum ersten Mal sah Kai Angst in den Augen ihrer Schwester aufflackern. Mit einem markerschütternden Schrei stieß Akuhara ihre Hände himmelwärts. Die Luft knisterte, als sich Dunkelheit um sie herum wirbelte und zu einem Mahlstrom aus reiner zerstörerischer Kraft verdichtete.

Kai schloss die Augen und legte eine Hand auf das Herz der Flamme. Seine Wärme pulsierte im Einklang mit ihrem Herzschlag, und sie spürte, wie Hikaris Kraft durch sie floss. Mit einem tiefen Atemzug kanalisierte Kai die Kraft des Herzens der Flamme. Feuer brach aus ihren Händen hervor und traf frontal auf Akuharas Angriff. Der Zusammenstoß der Energien erhellte das Schlachtfeld und warf unheimliche Schatten auf die Stadtmauern.

Kai biss die Zähne zusammen, ihre Arme zitterten vor Anstrengung. Langsam, Zentimeter für Zentimeter, begann Kais Feuer, Akuharas Dunkelheit zurückzudrängen. Die Luft flimmerte vor Hitze, der Boden unter ihren Füßen splitterte unter dem immensen Druck.

Das Herz der Flamme leuchtete heller als je zuvor, seine Kraft strömte durch Kais Adern. Mit Tränen, die über ihr Gesicht liefen, sammelte sie ihre Kraft für einen letzten Vorstoß, doch als die Flammen Akuhara umhüllten, geriet ihre Entschlossenheit ins Wanken.

14

Trotz allem brannte ein Funke Hoffnung in Kai. Sie streckte ihre Hand aus, ihre Stimme sanft, aber drängend.

»Verlasse diesen Pfad«, flehte sie. »Es muss nicht so enden.«

Akuharas Lippen verzogen sich zu einem höhnischen Lächeln, ihre Stimme triefte vor Gift. »Du naives Kind. Die Dunkelheit ist alles, was ich habe.«

Mit einem Knurren stürzte Akuhara nach vorne, dunkle Energie knisterte um ihre Fingerspitzen. Kais Instinkte übernahmen, ihre Elementarkräfte wallten auf. Sie stieß ihre Hände nach vorne, unsichtbare Kräfte drückten Akuhara zu Boden.

Kais Herz hämmerte wie eine Trommel und weigerte sich, langsamer zu werden. War dies wirklich der einzige Weg? Doch als sie in

Akuharas hasserfüllte Augen blickte, wusste sie, dass es keine andere Wahl gab.

Schweren Herzens zog Kai ihr schwarzklingiges Schwert. Das Gewicht fühlte sich jetzt anders an, als trüge es die Last dessen, was sie tun musste. Sie hob die Klinge hoch, deren Obsidianoberfläche das Chaos um sie herum widerspiegelte.

Akuhara kämpfte gegen ihre unsichtbaren Fesseln, aber es war zwecklos.

»Es tut mir leid«, flüsterte Kai. Ihre Blicke trafen sich, und Kai stieß das Schwert tief in Akuharas Herz.

Ein furchtbarer Schrei entrang sich Akuharas Kehle, Dunkelheit explodierte nach außen. Kai taumelte zurück, ihre Augen weiteten sich, als sie sah, wie das Licht aus dem Blick ihrer Schwester schwand. Ihr Drache brüllte vor Schmerz und löste sich von Hikari, flog unbeholfen, bevor er in einer Staubwolke zu Boden stürzte. Hikari schoss durch den Himmel, landete auf dem gefallenen Drachen und beendete sein Zappeln.

Als Akuharas Körper erschlaffte, ging eine Welle der Unsicherheit durch die Drakka-Streitkräfte. Kai konnte ihre schwindende Entschlossenheit spüren, wusste aber, dass die Gefahr noch lange nicht vorüber war. Ihre

Anführerin war gefallen, aber sie drohten immer noch, die Stadt zu überrennen.

Kai schloss die Augen und reichte tief in ihr Inneres. Sie spürte den warmen Puls ihrer Verbindung mit Hikari, die feurige Energie des Herzens der Flamme und die uralte Kraft des Drachenhautumhangs auf ihren Schultern. Die Elemente wirbelten um sie herum, reagierten auf ihren Ruf.

»Nicht mehr«, erklärte Kai, ihre Stimme trug über das Schlachtfeld. Sie begann, die verschiedenen Energien zusammenzuweben, geleitet von altem Wissen, das durch die Verbindung strömte.

Als die Kraft in ihr aufbaute, wandten sich Kais Gedanken dem Gewicht ihrer Pflicht zu. Wie viele Leben hingen in der Schwebe? Wie viel würde geopfert werden, um Frieden zu sichern? Die Fragen brannten in ihrem Geist, während sie jedes Quäntchen ihrer Kraft in ihren bevorstehenden Schlag kanalisierte.

Ihre Augen öffneten sich ruckartig, leuchtend mit einem überirdischen Licht. Die vereinte Kraft der Elemente und Schatten durchströmte sie, brannte heller und wilder als alles, was sie je gespürt hatte. Es war, als wäre jede Faser ihres Wesens zu einem Kanal für reine, ungezügelte Energie geworden.

Hikari heulte vor Qual, der Schmerz und die Entschlossenheit des Drachen spiegelten Kais eigene wider. Ihre Verbindung, die bereits stark war, vertiefte sich zu einem fast unerträglichen Niveau. Kai konnte Hikaris Herzschlag spüren, als wäre es ihr eigener, ihre Gedanken verschmolzen, bis sie nicht mehr sicher war, wo sie endete und der Drache begann.

Ich weiß nicht, ob ich das eindämmen kann, schrie Kai zu Hikari.

Deine Stärke ist meine, und meine ist deine. Nimm, was du brauchst.

Als die Kraft weiter anwuchs, spürte Kai einen brennenden Schmerz über ihren Rücken. Der Umhang begann unter der Belastung der durch ihn fließenden Elementarkräfte zu reißen. Mit jedem Riss spürte Kai, wie ihre Verbindung zu den Elementen brach und drohte, völlig zu entgleiten.

Trotz der Qual, die durch ihren Körper tobte, und der Gefahr, die Kontrolle zu verlieren, machte Kai weiter. Sie hob ihre Hände und kanalisierte jedes Quäntchen Kraft, das sie aufbringen konnte. Das Gefüge der Realität selbst schien sich um sie zu verzerren.

Mit einem letzten, erderschütternden Schrei entfesselte Kai die aufgestaute Energie. Eine feurige Explosion von Magie brach aus ihren Händen hervor und hüllte die Drakka-Streitkräfte in ein blindes Inferno. Die Kraft war überwältigend, wunderschön und furchterregend zugleich.

Als die Magie aus ihr herausströmte, fühlte Kai, wie ihr Bewusstsein zu schwinden begann. Ihre Gedanken wandten sich Hikari zu, der unzerbrechlichen Verbindung, die sie teilten, und sie fand Trost.

Das ohrenbetäubende Dröhnen der Explosion verklang und wich einer unheimlichen Stille. Als der Rauch sich zu lichten begann, blinzelte Kai, ihre Sicht verschwommen und unfokussiert. Der bittere Geruch von Asche und Rauch füllte ihre Nasenlöcher und ließ sie schwach husten.

Hikari?

Ein tiefes Grollen antwortete ihr, und Kai spürte die tröstliche Präsenz ihres Drachen in der Nähe. Als ihre Sicht klarer wurde, sah sie die Verwüstung, die sie umgab. Die Armee der Drakka lag in Trümmern, Kriegsmaschinen zerbrochen und Körper in Stücke gerissen. Sie wandte sich Zhencheng zu und Anzeichen von Leben begannen sich zu zeigen.

Überlebende, ihre Gesichter mit Ruß und Ungläubigkeit gestreift, lugten vorsichtig aus Verstecken hervor. Der Schrei eines Kindes durchschnitt die Luft, gefolgt vom erleichterten Schluchzen einer Mutter. Langsam begannen sich Menschen zu versammeln, ihre Augen mit einer Mischung aus Ehrfurcht und Dankbarkeit auf Kai und Hikari gerichtet.

Ein älterer Mann näherte sich, seine Gewänder zerfetzt und mit Blut bedeckt. »Ihr... ihr habt uns gerettet«, sagte er, seine Stimme zitterte. »Die Drakka... sie sind weg.«

Kai versuchte zu antworten, aber ihre Kraft schwand rasch. Die Welt begann sich zu drehen, und sie spürte, wie sie fiel. *Hikari,* griff sie mit ihrem Geist aus, *ich kann nicht...*

Als das Bewusstsein entglitt, spürte Kai die warme Umarmung von Hikaris Flügel, der sie einhüllte. Die Präsenz des Drachen in ihrem Geist war wie ein lindernder Balsam, selbst als Schmerz durch beider Körper tobte.

Ruhe dich aus, hallte Hikaris Stimme in ihren Gedanken wider. *Du hast mehr als genug getan. Zhencheng ist sicher.*

Kais letzter zusammenhängender Gedanke galt dem immensen Tribut, den ihr Sieg gefordert hatte. Als die Dunkelheit sie beanspruchte, fragte sie sich, ob der Preis des

Friedens jemals wirklich vollständig bezahlt
werden würde.

15

Als das Bewusstsein langsam zurückkehrte, suchten Kais Finger instinktiv nach der vertrauten Textur ihres Umhangs. Stattdessen berührten sie zerfetzte Überreste, das einst mächtige Kleidungsstück war nun zu ausgefransten Rändern und klaffenden Löchern reduziert. Sie zwang sich, die Augen zu öffnen, und verzog bei der Anstrengung das Gesicht.

»Der Umhang«, flüsterte sie mit heiserer Stimme. »Er ist...«

Hikaris dröhnende Stimme erfüllte ihren Geist. *Ein Opfer unseres Sieges.*

Kai kämpfte sich in eine sitzende Position, während ihr Körper gegen jede Bewegung protestierte. Sie hielt den ruinierten Umhang vor sich; seine magische Essenz war verschwunden, verflüchtigt wie Nebel in der Morgensonne. Während sie mit dem Verlust rang, spürte sie, wie ihre Verbindung zu den Elementen schwächer wurde, wie eine Kerze, die im Wind flackert.

Ich kann es fühlen, sagte Kai, während sich ein Kloß in ihrem Hals bildete. *Die Elemente... sie entgleiten mir.*

Kai streckte ihre Sinne aus. Die Erde unter ihr fühlte sich gedämpft an, die Luft reagierte weniger auf ihren Ruf. Es war, als wäre ein Teil von ihr selbst weggerissen worden und hätte einen hohlen Schmerz hinterlassen.

War es das wert? fragte sie.

Die Augen des Drachen trafen ihre, erfüllt von einer Mischung aus Trauer und Stolz. *Sieh dich um. Die Stadt steht noch. Ihre Bewohner leben. Was ist der Preis eines Umhangs im Vergleich dazu?*

Kai nickte langsam, ihre Finger fuhren über die Überreste des magischen Gewands. *Du hast natürlich recht. Es ist nur...*

Ihre Worte wurden vom Klang von Trompeten unterbrochen. Der provisorische Vorhang ihres Genesungszeltes wurde zurückgezogen und enthüllte einen kaiserlichen Boten in prächtigen, wenn auch leicht angesengten Gewändern.

»Kai Lin«, verkündete der Bote mit einer tiefen Verbeugung. »Seine Kaiserliche

Majestät erbittet Eure Anwesenheit für eine Ehrenzeremonie. Ihr und Euer Drache sollt als die Retter von Zhencheng gefeiert werden.«

Kai tauschte einen Blick mit Hikari. *Ich bin mir nicht sicher, ob ich in der Verfassung für eine Zeremonie bin*, gab sie zu.

Das Amüsement des Drachen vibrierte durch ihre Verbindung.

Wie lange war ich bewusstlos?

Ein paar Tage, antwortete Hikari. *Sie haben jede Stunde nach dir geschaut, um zu sehen, ob du aufgewacht bist. Sie sind verzweifelt darauf aus, dir Ehre zu erweisen.*

Kai war sich nicht sicher, wie sie darüber denken sollte, erhob sich aber trotzdem vorsichtig von ihrem Bett. Sie machte sich so präsentabel wie möglich und blickte neugierig im Zelt umher.

Ich habe nicht zugelassen, dass sie dich aus meinem Blickfeld bringen, sagte Hikari, der ihre Gedanken las. *Sie haben das hier aufgebaut, wo du zusammengebrochen bist.*

Kai lachte und bereute es sofort, als Schmerz durch ihren Körper zuckte. Sie verzog das Gesicht und wartete, bis er nachließ, bevor sie aus dem Zelt trat. Sie folgte dem Boten, und Hikari blieb dicht hinter ihr.

Sie betraten, was vom kaiserlichen Palast übrig geblieben war, und Kai war überrascht, eine große Menschenmenge zu sehen, die zur Zeremonie strömte. Die Decke des Thronsaals war zum Himmel hin offen, sein Dach nichts weiter als eine Erinnerung. Ihre Eltern waren da, und Tränen füllten ihre Augen. Bei all dem Chaos hatte sie nicht daran gedacht, Meister Satoshi nach ihnen zu fragen.

Der Kaiser erhob sich von seinem Thron und trat vor. »Kai Lin«, verkündete er mit einer Stimme, die in jeden Winkel des Raumes drang. »Du hast getan, was viele für unmöglich hielten. Du hast nicht nur diese Stadt gerettet, sondern das wahre Herz unseres Imperiums.«

Kai neigte ihren Kopf und spürte das Gewicht jedes Blickes auf sich. »Eure Majestät, ich-«

»Nein«, unterbrach der Kaiser, ein Lächeln zierte seine Züge. »Heute sind wir es, die sich vor dir verbeugen.« Zu Kais Erstaunen ließ sich der Kaiser auf die Knie nieder und drückte dann seinen Kopf in einer Geste tiefen Respekts zu Boden vor ihren Füßen.

Als er sich aufrichtete, glänzten die Augen des Kaisers vor Stolz. »Kai Lin, deine Tapferkeit und Führung haben sich als unschätzbar wertvoll erwiesen. Ich möchte, dass du in meinem Rat sitzt, um unser Imperium in diese neue Ära des Friedens zu führen.«

Ein zustimmendes Murmeln ging durch die Menge. Kai spürte, wie ihr Herz raste, zerrissen zwischen Pflicht und dem nagenden Gefühl, dass ihr Weg woanders lag. Sie warf einen Blick auf Hikari und suchte Führung in seinen Augen.

»Eure Majestät«, begann Kai, ihre Stimme war trotz ihres inneren Aufruhrs fest. »Ich fühle mich durch Euer Angebot zutiefst geehrt...« Sie holte tief Luft und spürte das Gewicht ihrer Entscheidung. »...aber ich muss respektvoll ablehnen.« Ein kollektives Keuchen ging durch die Menge, und selbst die Augenbrauen des Kaisers hoben sich überrascht.

»Mein Weg«, fuhr Kai fort, und ihre Stimme wurde stärker, »liegt nicht in den Hallen der Macht, sondern unter den Menschen, die zu schützen ich geschworen habe. Der Krieg mag vorbei sein, aber die Narben, die er hinterlassen hat, sind tief. Ich möchte helfen, das Verlorene wiederaufzubauen, um sicherzustellen, dass die Lektionen dieses Konflikts nicht vergessen werden. Die Bedrohung durch die

Drakka ist nicht vollständig verschwunden. Es gibt Nester da draußen, die gefunden und zerstört werden müssen. Diese Dinge sind mein Weg. Bei allem Respekt, ich möchte kein Aushängeschild in Eurem Rat sein.«

Sie traf den Blick des Kaisers. »Eure Majestät, Ihr habt die Macht, unser Volk ohne mich in eine neue Ära des Friedens und der Einheit zu führen.«

Der Kaiser nickte langsam, und ein Ausdruck des Verständnisses zeichnete sich auf seinem Gesicht ab. »Deine Weisheit beeindruckt mich weiterhin, Kai Lin. Nun gut, ich werde deine Entscheidung respektieren.«

Speisen wurden aus der königlichen Küche gebracht, und Kai saß mit ihren Eltern zusammen, während sie gemeinsam aßen. Sie sprachen wenig und genossen stattdessen die gemeinsame Zeit. Als die Zeremonie endete, fühlte Kai eine Mischung aus Erleichterung und Vorfreude. Sie wandte sich an Hikari, der während der gesamten Zeit eine stille Präsenz gewesen war.

Bist du bereit für eine weitere Reise?

Hikaris Grollen war Antwort genug. Sie verabschiedete sich von ihrer Familie und brach mit Ryn und den Gespaltenen von Zhencheng auf, ließ den Jubel und die

Ehrungen hinter sich für den offenen Himmel.

Während sie reisten, verwandelte sich die Landschaft allmählich. Die versengte Erde wich zarten Grashalmen, und der Geruch von Rauch wurde durch den süßen Duft von Wildblumen ersetzt. Kai staunte über die Widerstandsfähigkeit der Natur und spürte mit jedem Zeichen der Erneuerung einen Funken Hoffnung.

In einem kleinen Dorf hielten sie an, um zu rasten. Kai beobachtete, wie Dorfbewohner zusammenarbeiteten, um Häuser wieder aufzubauen, ihre Gesichter von Entschlossenheit statt Verzweiflung gezeichnet. Ein junges Mädchen näherte sich und bot Kai und ihren Begleitern eine Handvoll frisch gepflückter Beeren an.

»Für die Drachenreiterin, die uns gerettet hat«, sagte das Kind mit vor Bewunderung großen Augen.

Kai nahm das Geschenk mit einem Lächeln an, ihre Kehle war vor Rührung eng. »Danke«, murmelte sie und erkannte, dass dieser Moment einfacher Freundlichkeit der Grund war, warum sie diesen Weg gewählt hatte.

Während sie ihre Reise fortsetzten, wanderten Kais Gedanken zu den

Herausforderungen, die vor ihnen lagen. Sobald die Nester zerstört waren, wollte sie Tatenagawa reparieren. Die Wiederherstellung des Tempels würde keine kleine Aufgabe sein, aber sie wusste, dass es notwendig war. Er würde als Leuchtfeuer der Hoffnung dastehen, eine Erinnerung daran, was erreicht werden konnte, wenn Menschen vereint gegen die Dunkelheit standen.

16

Als die Tage zu Wochen wurden, spürte Ryn immer weniger von den Drakka-Eiern. Sie hatten über ein Dutzend Nester zerstört, und nun standen sie vor dem Eingang des letzten. Die Höhle lag vor ihnen, ihr zackiger Schlund gähnte, als hätte sich die Erde selbst aufgespalten, um ihre dunklen Geheimnisse preiszugeben. Kai stand am Eingang, ihre Hand ruhte auf dem Griff ihres Schwertes. Die Luft war erfüllt von einem widerlich süßlichen, schwefeligen Geruch, der ihr den Magen umdrehte. Hikari bewegte sich neben ihr, ihre goldenen Schuppen glänzten schwach im Licht, das durch den stürmischen Himmel fiel.

Hinter ihnen warteten die Zerrissenen in Stille. Ryn trat vor, sein Gesicht war grimmig. »Das ist das größte Nest, das wir bisher gefunden haben«, sagte er mit leiser Stimme.

»Sobald wir dieses zerstört haben, wird die Drakka-Bedrohung für immer enden.«

Kai nickte, ihr Blick auf die Dunkelheit vor ihnen gerichtet. »Wir sind fast fertig«, sagte sie. Ihre Stimme war fest, aber ein Funke Unruhe tanzte am Rande ihrer Gedanken. Jedes Nest, das sie zerstört hatten, hatte seinen Tribut gefordert – an ihrer Kraft und an ihrem Geist. Aus einem Grund, den sie nicht erklären konnte, wurde das Zerstören der Eier zu einer Last für sie, für sie alle, die sie nicht ignorieren konnten. Sie vermutete, es handelte sich um einen Fluch, vielleicht einen Zauber, den Akuhara hinterlassen hatte.

Hikaris rumpelnde Stimme durchbrach ihre Gedanken. *Die Eier werden sich nicht wehren, aber die Tat selbst wird euch belasten. Ihr müsst bereit sein.*

Das bin ich, sagte Kai und umklammerte ihr Schwert fester. »Wir sind zu weit gekommen, um jetzt zu zögern.« Diese letzten Worte galten Ryn, als sie über ihre Schulter blickte.

Ryn nickte und gab den anderen ein Zeichen. Die Zerrissenen formierten sich, ihre Waffen gezogen. Sie waren jetzt weniger als bei ihrer ersten Begegnung. Jeder Verlust lastete auf Kais Herz, doch sie schob die

Trauer beiseite. Es würde Zeit zum Trauern geben, wenn die letzten Überreste der Drakka verschwunden wären.

Die Gruppe betrat die Höhle, die Dunkelheit verschlang sie vollständig. Die Wände waren feucht, und die Luft wurde mit jedem Schritt wärmer. Das schwache, rhythmische Pulsieren der Eier hallte durch die Kammer, ein Geräusch, das Kai einen Schauer über den Rücken jagte.

Das Nest war riesig, sein Boden übersät mit Eierhaufen. Ihre durchscheinenden Schalen pulsierten schwach mit einem bedrohlichen Licht.

»Verteilt euch«, befahl Kai.

Die Zerrissenen nahmen ihre Positionen ein. Hikari entfesselte einen kontrollierten Feuerstrom, die Flammen wuschen über die Eier. Die äußeren Schalen zischten und knackten unter der Hitze, das Licht in ihnen flackerte wie sterbende Glut.

Kai trat vor, ihr Schwert erhoben, und ließ es in einem sauberen Schlag niedersausen. Das Ei zerbrach, sein Inhalt ergoss sich als zähe, dunkle Flüssigkeit. Sie bewegte sich zum nächsten und zum übernächsten, jeder Schlag ein Schritt näher zum Ende dieses Albtraums.

Die Zerrissenen folgten ihrem Beispiel und trieben ihre Klingen mit grimmiger Entschlossenheit durch die Eier. Hikari hielt Wache und verbrannte mit ihren Flammen weitere Eier, während sie abschnittsweise vorgingen. Die Höhle hallte wider vom Klang zerberstender Schalen und dem schweren Atem der Zerrissenen.

Als das letzte Ei zerstört war, senkte Kai ihr Schwert, ihre Brust hob und senkte sich vor Erschöpfung. Sie blickte sich in der nun stillen und leeren Höhle um. Das Gewicht dessen, was sie getan hatten, lastete auf ihr, aber sie weigerte sich, sich davon erdrücken zu lassen. Dies war notwendig gewesen. Dies war der Preis der Freiheit.

Ryn trat neben sie, sein Gesicht bleich. »Es ist vollbracht.«

Kai nickte, ihr Blick verweilte auf den verkohlten Überresten des Nestes. »Wir haben alle zerstört.«

-

Das Dorf Taepo war nur noch ein Schatten seiner selbst. Was einst eine geschäftige Stadt mit lebhaften Märkten und bunten Bannern gewesen war, war jetzt kaum mehr als Asche und Schutt. Der beißende Geruch von Rauch hing in der Luft, vermischt mit dem salzigen Geschmack des nahen Meeres. Kai stand in der Mitte des Platzes, ihr Blick schweifte über die Szene der Verwüstung. Familien durchwühlten die Trümmer ihrer Häuser auf der Suche nach allem, was noch zu retten war. Kinder klammerten sich an ihre Eltern, ihre großen Augen waren voller Angst und Unsicherheit.

Hikari bewegte sich hinter ihr, ihre mächtige Gestalt warf einen langen Schatten über den Platz. Der Anblick des goldenen Drachen schien bei den Dorfbewohnern gemischte Gefühle auszulösen. Einige betrachteten sie mit Ehrfurcht und Dankbarkeit, andere mit Furcht. Kai konnte es ihnen nicht verübeln. Jahrelang waren Drachen ein Zeichen dafür gewesen, dass Drakka in der Nähe waren.

»Wir müssen mit Unterkünften beginnen«, sagte Kai und wandte sich an Ryn, der an ihrer Seite stand. »Die Dorfbewohner werden den Winter nicht überleben, wenn sie so exponiert sind.«

Ryn nickte, sein Gesichtsausdruck grimmig. »Es gibt genug Holz im Wald, um vorübergehende Unterkünfte zu bauen. Ich werde die Zerrissenen organisieren, um zu helfen.«

»Danke.«

Ryn nickte knapp und ging, um die anderen zu versammeln. Kai richtete ihre Aufmerksamkeit wieder auf die Dorfbewohner. Sie holte tief Luft, trat auf die Überreste dessen, was einmal ein Brunnen gewesen war, und erhob ihre Stimme, um die Menge anzusprechen.

»Leute von Taepo«, begann sie. »Ich weiß, dass ihr gelitten habt. Ich weiß, dass die Narben des Drakka-Angriffs tief sitzen. Aber ihr seid nicht allein. Wir sind hier, um euch beim Wiederaufbau zu helfen – nicht nur eurer Häuser, sondern eures Lebens. Gemeinsam werden wir wiederherstellen, was verloren ging, und es stärker machen.«

Die Dorfbewohner hielten in ihrer Arbeit inne, ihre Augen wandten sich ihr zu. Für einen Moment herrschte nur Stille, dann trat ein Mann vor, sein Gesicht von Alter und Kummer gezeichnet. »Und was ist mit dem Drachen?«, fragte er, seine Stimme zitterte. »Warum ist er hier?«

Kai blickte zu Hikari zurück, die ihren Kopf leicht senkte, ihre Augen trafen sich. Sie wandte sich wieder dem Mann zu, ihre Stimme fest. »Hikari ist hier, um zu helfen, genau wie ich. Es gibt nichts mehr zu befürchten. Die Drakka sind verschwunden.«

Der Mann zögerte, dann nickte er langsam. Die Spannung in der Luft ließ nach, und die Dorfbewohner kehrten zu ihrer Arbeit zurück. Kai stieg vom Brunnen herab und stieß einen leisen Seufzer aus. Herzen zu gewinnen erwies sich als ebenso schwierig wie Schlachten zu gewinnen.

Bis zum Mittag war der Platz voller Aktivität. Die Zerrissenen arbeiteten Seite an Seite mit den Dorfbewohnern, hackten Holz, räumten Trümmer weg und errichteten die Rahmen neuer Häuser. Kai gesellte sich zu ihnen, krempelte ihre Ärmel hoch, um Balken zu heben und Nägel einzuschlagen, während Hikari mit ihren massiven Klauen half, größere Trümmerstücke wegzuräumen. Der Anblick des Drachen, der mit ihnen arbeitete, schien einige der Ängste der Dorfbewohner zu mildern, obwohl andere immer noch ihre Umgebung im Auge behielten.

»Dieser Balken kommt hierher«, rief Ryn und leitete eine Gruppe von Dorfbewohnern an, als sie einen Stützbalken an seinen Platz hievten. Kai bewegte sich, um beim Stabilisieren zu helfen, ihre Arme spannten sich gegen das Gewicht. Gemeinsam sicherten sie ihn, und der Rahmen eines neuen Hauses begann Gestalt anzunehmen.

»Es nimmt Form an«, sagte Ryn und wischte sich den Schweiß von der Stirn.

Kai nickte, ihr Blick wanderte zu einer Gruppe von Kindern, die vom Rand des Platzes aus zusahen. Eines von ihnen, ein Junge nicht älter als acht, klammerte sich an einen zerfetzten Stoffdrachen. Er starrte Hikari mit einer Mischung aus Faszination und Furcht an.

Kai ging in die Hocke und winkte den Jungen zu sich. Er zögerte, machte aber schließlich einen zaghaften Schritt nach vorne. »Wie heißt du?«, fragte sie sanft.

»Jin«, sagte er, seine Stimme kaum mehr als ein Flüstern.

Kai lächelte. »Jin, möchtest du Hikari kennenlernen?«

Die Augen des Jungen weiteten sich, und er drückte sein Spielzeug fester an sich. »Sie wird mir nicht wehtun?«

»Nein«, sagte Kai bestimmt. »Hikari würde niemals jemandem wehtun, den sie zu schützen geschworen hat.«

Sie streckte eine Hand aus, und nach einem Moment ergriff Jin sie. Gemeinsam näherten sie sich Hikari, die ihren massiven Kopf auf ihre Höhe senkte. Kai legte eine Hand auf die Schnauze des Drachen und ermutigte Jin, dasselbe zu tun. Der Junge schwankte, streckte dann aber die Hand aus, die zitterte, als sie die warmen, goldenen Schuppen berührte.

Hikari brummte leise, ein Geräusch, das durch den Boden zu vibrieren schien. Jins Gesicht erhellte sich mit einem Lächeln, und er drehte sich um, um Hikari seinen Stoffdrachen zu zeigen. »Siehst du? Du siehst aus wie er!«

Kai lachte, und für einen Moment fühlte sich die Last auf ihren Schultern etwas leichter an. Diese kleinen Momente der Verbindung würden helfen, die Wunden zu heilen, die der Krieg hinterlassen hatte.

Bei Einbruch der Nacht hatte sich der Dorfplatz verwandelt. Mehrere Rahmen für neue Häuser standen aufrecht, und die Dorfbewohner versammelten sich um ein großes Feuer in der Mitte des Platzes. Kai saß bei den Zerrissenen, ihr Körper schmerzte von der Arbeit des Tages, aber ihr Herz war voll. Hikari lag zusammengerollt in der Nähe, ihre Schuppen reflektierten das Feuerlicht.

Ryn reichte Kai eine Schüssel Eintopf, die sie dankbar annahm. »Es ist ein Anfang«, sagte er und nickte in Richtung der Fortschritte, die sie gemacht hatten.

Kai nickte. »Ein Anfang ist alles, was wir brauchen. Der Rest wird folgen.«

Als die Dorfbewohner Geschichten und Gelächter um das Feuer teilten, gönnte sich Kai einen seltenen Moment des Friedens. Die Schlacht gegen die Drakka war gewonnen, aber der Kampf um den Wiederaufbau hatte gerade erst begonnen. Dennoch konnte sie nicht anders, als Hoffnung in sich aufkeimen zu spüren. Sie hatten überlebt. Sie gingen vorwärts. Und gemeinsam würden sie aus der Asche auferstehen.

17

Im Frühling kehrte Kai zu den zerfallenden Ruinen des Tatenagawa-Tempels zurück, ihr Blick folgte den skelettartigen Überresten der einst majestätischen Säulen und Bögen. Fragmente kunstvoll verzierter Fliesen knirschten unter ihren Füßen während sie ging, jeder Schritt weckte ihre Erinnerungen.

Es ist seltsam, sagte Kai. *Wieder dort zu sein, wo alles begann.*

Vor ihrem geistigen Auge sah sie die Gesichter derer, die gefallen waren: Kokoro, Liu und zahllose andere. »Ich werde eure Opfer nicht vergebens sein lassen«, schwor sie, die Fäuste an ihren Seiten geballt.

Sie blickte mit neuer Hoffnung auf die Ruinen. Wo andere nur Zerstörung sehen mochten, stellte Kai sich aufragende Türme und offene Innenhöfe vor. Fast konnte sie das

Lachen junger Drachenreiter durch die wiederhergestellten Hallen hallen hören.

Was meinst du, Hikari? fragte Kai, während sie sich zum Drachen umdrehte. *Kannst du es auch sehen?*

Hikaris Augen trafen auf Kais, ein tiefes Grollen kam aus ihrer Brust. Der Schwanz des Drachen peitschte hin und her, was eine kleine Kaskade von Schutt einen nahegelegenen Hügel hinunterstürzen ließ.

Kai kicherte. *Das nehme ich als ein Ja.*

Sie ging auf Hikari zu, ihre Hand griff instinktiv nach dem Herz der Flamme, das an ihrer Hüfte hing. Das ruhende Artefakt war warm bei der Berührung, eine sanfte Erinnerung an die Kraft, die einst durch es geflossen war.

»Wir haben gewonnen«, flüsterte Kai, ihre Stimme von Emotionen belegt. Sie streichelte Hikaris Schuppen und spürte den starken Puls ihrer Verbindung.

Als die Worte über ihre Lippen kamen, krochen die ersten Strahlen der Morgendämmerung über den Horizont und tauchten die Ruinen in ein sanftes, goldenes Licht. Kai und Hikari standen Seite an Seite, ihre Silhouetten verschmolzen, während sie den heller werdenden Himmel betrachteten.

In diesem Moment spürte Kai, wie ein tiefes Gefühl des Friedens sie überkam. Der Weg vor ihnen würde lang und beschwerlich sein, aber mit Hikari an ihrer Seite und den Lehren ihrer Reise, die sich in ihr Herz eingeprägt hatten, wusste sie, dass sie den vielen Herausforderungen, die vor ihnen lagen, gewachsen waren.

Bist du bereit, dass die eigentliche Arbeit beginnt?

Hikaris antwortender Schrei hallte über das Land und kündigte den Anbruch einer neuen Ära an.

DAS ENDE

Über den Autor

Hallo!

Ich bin ein Fantasy-Autor, der es liebt, über Drachen zu schreiben. Ich habe über 40 Bücher veröffentlicht und habe vor, noch viele weitere zu schreiben.

Ich hoffe, dass Ihnen dieses Buch gefallen hat und danke Ihnen für die Lektüre.

Sie können mir in den sozialen Medien folgen, um direkt mit mir unter https:www.facebook.com/dragonfirepress in Kontakt zu treten.

Wenn Ihnen diese Serie gefallen hat,
wird Ihnen auch diese Serie gefallen:

www.ingramcontent.com/pod-product-compliance
Lightning Source LLC
Chambersburg PA
CBHW020810310726
48969CB00002B/781